ハーレクイン文庫

虹色のクリスマス

クリスティン・リマー

西本和代 訳

JN229523

HARLEQUIN
BUNKO

A BRAVO CHRISTMAS REUNION

by Christine Rimmer

Published by Harlequin Japan, a Division of K.K. HarperCollins Japan, 2024

虹色のクリスマス

◆主要登場人物

ヘイリー・ブラボー…………ケータリング会社の業務マネージャー。
ケリー・ブラボー…………ヘイリーの姉。
ディディ……………………ケリーの娘。
タナー・ブラボー…………ヘイリーの兄。私立探偵。
マーカス・リード…………コーヒーショップのチェーン店の経営者。
エイドリアン・カールソン……マーカスの前妻。

1

ヘイリー・ブラボーに近づいてはならない。そのことは、マーカス・リードはいやというほどわかっていた。できるだけ遠くにいたほうがいい。

ヘイリーがマーカスを捨ててシアトルを去ってから、彼はそれまで以上に必死で働いた。夜明け前に起きだして、専用のジムで徹底的に体を動かし、オフィスでは夜遅くまで働き、毎日へとへとになるくらい体を酷使した。そしてオフィスにいなくてもいい夜も用事を入れるようにした。魅力的で、思いやりや理解がある女性たちと積極的にデートをしたのだ。ヘイリーより華やかで、洗練された女性たちと。あるいは分別があって、マーカスに無茶な頼みごとをしない、従順な女性たちと。

そう、ヘイリーのことを忘れるまでに何カ月もかかった。本当のことを言うと、自分で思っていたよりもずっと時間がかかった。大変だった。前妻のエイドリアーナが去っていったときと同じくらいに。

だが、もうのり越えた。

少なくとも、マーカスは自分自身にずっとそう言い聞かせていた。ヘイリーのことは忘れた。もう終わったのだと。

それなのにどうしてぼくは、十二月のこんな寒い夜に、彼女の住むサクラメントのアパートメントの玄関に立っているのだろう?

考えたくなかったので、マーカスは頭を振ってその疑問を追いだした。

ヘイリーの住むアパートメントはどこにでもありそうな普通のアパートメントで、建物は中庭を囲むように建てられていた。家賃は中流以下、といったところだろうか。マーカスの下で働いていたころは、彼女ももっといい暮らしをしていたものだった。高い給料だけでなく、多額の交際費と高級車が、マーカスの会社である〈カフェ・セントラル〉から支給されていたためだ。そのうえ、たくさんのプレゼントを彼は贈っていた。

現在ヘイリーは自活しており、自分で生計を立てている。暮らしていくために生活費を切りつめているのだと思うと、心配でならなかった。ふたりの関係はもう終わっていたが、心のどこかでマーカスは今でもヘイリーの面倒を見たいと思っていた。

ドアの左側の窓に明かりがついていた。ブラインドのすきまから、彼女がクリスマス・ツリーを飾っているのが見えた。かすかに音楽も聞こえてくる。クリスマス・ソングか?

たかがクリスマスごときに、ヘイリーは並々ならぬ情熱を傾けているらしい。ふたつの籐《とう》椅子とテーブル代わりの木箱を置いてテラス風に仕立てた階段の踊り場の手すりには、何本もの電飾が巻きつけられている。その木箱の上にあるミニチュアのクリスマス・ツリーも、小さな電飾で飾られていた。マーカスは急ぐことなく、まるで問題を先延ばしにして時間を稼いでいるかのように、クリスマスの飾りをじっと見つめた。

そろそろいいだろう。チャイムを鳴らそう。鳴らさないなら、とっとと帰るまでだ。

彼は大きく息を吸いこむと、思いきって玄関のチャイムを鳴らした。

永遠に続くかと思うような数秒ののち、ドアが勢いよく開いた。音楽が大きくなる。《ホワイト・クリスマス》だ。

そして戸口にはヘイリーがいた。部屋の明かりが彼女の赤毛をうしろから照らしている。ブルーに見えたり、グレーやグリーンに見えたりすることもある瞳が、驚きで大きく見開かれていた。だがマーカスがキスをしたくてたまらなかったその唇に、笑みが浮かぶことはなかった。

「マーカス!」ヘイリーの口調には希望のかけらもなかった。希望どころか、彼女の表情は苦痛に満ちていた。うろたえているようにさえ見える。ヘイリーは手で口を押さえると、その手をゆっくりとおろしていった――腹部へと。

マーカスは彼女のてのひらが丸い腹部を覆うのを目で追った。まるで守ろうとするかのように、腹部を包みこむ。彼はヘイリーの白い手と、手の下のふくらみをじっと見つめた。自分が見ているものがなんなのか、必死に理解しようと努めながら。

ヘイリーの腹部は……あまりにも大きかった。テントみたいにふくらんだ赤いセーターの下に、ビーチボールでも詰めこまれているようだ。

あまりの衝撃に挨拶《あいさつ》の言葉さえ思い浮かばず、マーカスはぽかんと開けていた口を閉じた。再び口を開いたとき、そこから飛びだしたのは乱暴で責めるような言葉だった。「妊娠しているのか」彼はヘイリーのおなかから視線をあげると、もう一度彼女と目を合わせた。

ヘイリーの表情が険しくなった。うろたえているというより、心配しているようだ。

「マーカス、大丈夫？　なんだかあなた――」

「大丈夫だ」真っ赤な嘘《うそ》だった。胃がむかむかして、戻してしまいそうだ。誰かを殴りつけたくてたまらない。できれば、ずうずうしくも彼女に手を出して妊娠させた、ろくでなしを。

信じられなかった。ヘイリーにぼくのほかにも男がいて、その男の子供を身ごもっているなんて……。

そんなことはあり得ない。マーカスにはとても信じられなかった。

しかし、あり得ないと思うと同時に、それを信じられずにいる自分の愚かさを、理性ではっきりと認識していた。ほかに男がいてなにが悪いんだ？　彼女を幸せにしてくれる男。彼女を愛し、大切にして彼女と家族を作りたいと願う男がいてなにがいけない。

《ホワイト・クリスマス》が終わった。ベルの音色とともに、続いて《ウィンター・ワンダーランド》が流れだした。

「マーカス……」ためらいがちにヘイリーが手を伸ばしてきた。「なかに入ってちょうだい」

マーカスはヘイリーをかわすように、彼女の手が届かない位置までさがった。

「マーカス……」哀れむようにヘイリーが見つめてきた。

彼はヘイリーを怒鳴りつけたくなった。同情なんかまったく必要ないのだと、大声ではっきりと告げたかった。だが、そうはしなかった。それどころか、用意していた言葉を代わりに言ったのだ。ほかの男の子供を身ごもった彼女を見ても、なんとも思っていないことを示すためだけに。彼は少しずつ言葉を押しだした。

「サクラメントには仕事で来たんだ。そこできみの様子を見に寄ってみようと思ってね」

自分の体を抱えこむようにして大きな腹部に腕をまわしたヘイリーが、まっすぐマーカスを見た。その目は悲しそうに見えた。「わたしなら元気よ」

マーカスは作り笑いを浮かべた。「それはよかった。夕食の時間を邪魔してしまったかな？」

ヘイリーが唇をかたく引き結んで首を振った。

マーカスは彼女越しに部屋のなかが見えないかと首を伸ばした。「きみの、その、ご主人は家にいるのかい?」

返事はなかなか返ってこなかった。しばらくして、静かな声でヘイリーが言った。「いいえ」

マーカスは待った。腹部に何度も目をやらないよう、彼女の顔を見つめながら。

ついにヘイリーが大きなため息をついた。「入るの? 入らないの?」

「入るよ」

ヘイリーはうしろにさがってマーカスを通すとドアを閉め、彼らはふたりきりになった。

家のなかは狭く、廊下の先は暗くてよく見えなかった。右手に狭いキッチンがあり、ふたり用の小さなテーブルが置いてある。左手のリビングルームには輝くクリスマス・ツリーが飾られ、その下にはきれいにラッピングされたプレゼントが早くも山積みになっていた。テレビ用のキャビネットには、花飾りと作り物の赤い実がぶらさがっており、サイドテーブルにはキリスト降誕の場面を描いたカードまで飾られている。

クリスマスといえばヘイリーだった。去年の十二月、彼女は――。

しかし、マーカスは思いだすのをやめた。去年の十二月はもう昔のことだ。終わってしまったことなのだ。自分はただ挨拶をするためにここへ来ただけだ。マーカスは彼女と赤ん坊、そしてたとえどんなやつであろうと、そのろくでもない男の幸せを祈るしかないのだ。

「コートをあずかるわ」ヘイリーが彼のコートに手を伸ばしてきた。

再びマーカスは彼女から身をかわした。「いいんだ。着たままで」

伸ばしかけた腕をヘイリーはおろした。「そう」今度は彼女が作り笑いをする番だった。

「じゃあ、どうぞかけてちょうだい」そう言って、リビングルームの青い長椅子を指さした。

マーカスは言われたとおりに腰をおろした。

「なにか飲む？」

玄関ホールの役目を果たしているタイル張りの四角いスペースで、ヘイリーはまだうろうろしていた。

飲み物か。マーカスには、それがとてもいい考えに思えた。こんなときはなにか飲まなければやっていられない。感覚を麻痺《まひ》させ、視界をぼんやりさせてくれるものがいい。ヘイリーがほかの男の子供を身ごもっていようがいまいが、そんなことは気にならなくなるやつが。「いいね、ありがとう」

「コーラでいいかしら？」

「いや、酒を。ウイスキー以外で」

ヘイリーは目をぱちくりさせた。マーカスがアルコールを好まないのを知っていたからだ。「ええ、わかったわ。ウォッカがあったと思う。トニック・ウォーターもなにもないんだけど――」

「ウォッカをロックでくれ」

ヘイリーがキッチンへ行き、グラスをとりだす様子をマーカスは眺めた。一瞬その姿が消えたかと思うと、氷のからからという音が聞こえてきた。やがて片手にグラスを持ち、もう片方の手にはボトルを持ったヘイリーが再び姿を見せた。彼女はグラスに入れた氷の上から透明な酒を注《つ》ぐと、ボトルの蓋《ふた》を閉め、大きなおなかを抱えてマーカスのところへ戻ってきた。

「ありがとう」グラスを受けとったマーカスは礼を言った。彼はひと口で飲み干すと、グラスを差しだした。「もう一杯もらえるかい」

なにか言おうとしてヘイリーはその美しい口を開きかけたが、マーカスがにらみつけると口をつぐんだ。沈黙の世界にため息が重くのしかかる。彼女はグラスを受けとると、不安定な足どりでカウンターまで歩いていき、二杯目を注いだ。そしてマーカスのところへとって返し、グラスを渡した。彼はそれを受けとり、ヘイリーが向かいの椅子にゆっくりと腰をおろすのを暗い気持ちで見つめていた。

ありがたいことに酒は無臭だった。二杯目もいっきに飲んでしまおうかと思ったが、そんなことをしたら吐いてしまいそうな気がした。そこでマーカスはまずいのを我慢してちびちびとすることにした。かすかに不快な油っぽさを舌に感じたが、幸い、においと同様に味もあまりしなかった。

ヘイリーが顔をあげてきいた。「わたしの居場所がどうしてわかったの？」

「きみの消息はずっと把握していたよ」これではストーカーのように聞こえるだろうか？マーカスは少し言い直した。「住所と電話番号だけだが」このくらいなら異常な執着とは言われないだろう。とはいえ、彼がヘイリーに対してある種の責任を感じているのは事実だった。彼女と別れたあとに、人を雇って住所と電話番号を調べさせたくらいなのだから。

そしてその電話番号をぼくはどうした？　ヘイリーが確実に外出している時間帯を狙《ねら》って電話をかけたのは、一度や二度ではない。ただ留守番電話の声を聞きたいがために何度もかけた。彼女に連絡しようと思えばいつでもできることを確認したかったのだ。

「確かめたかったんだ」マーカスは言った。「きみが元気でやっていることを」

「そう」狭いアパートメントやマーカスが座っている青い長椅子、窓辺のクリスマス・ツリー、おなかの赤ん坊など、自分のまわりのものすべてを示すように、ヘイリーが両手をあげた。そこにはまだ帰宅していない夫も含まれるのだろうと、マーカスは思った。「わたしは元気よ」

調査を依頼した探偵にもっときちんと調べさせるべきだった。そうすれば彼女の結婚相手や生まれてくる赤ん坊のことを、事前に知ることができたに違いない。もし知っていれば、こうしてばかみたいにウォッカを飲むこともなかっただろうに。

「きみのご主人は……」口に出してはみたものの、マーカスは先を続けられなかった。

ヘイリーが頭を振った。「マーカス、わたしは――」

「言わないでくれ」彼はグラスをヘイリーのほうへ傾けた。「よく考えたら、本当はなにも知りたくないんだ」今度のひと口で二杯目が空になった。もう限界だった。マーカスはグラスを置いて立ちあがった。「本当に元気そうでよかった。幸せに暮らしているんだね」そう言うと、玄関へ向かった。

「マーカス、待って」

だが、マーカスは立ち止まらなかった。玄関までは四歩でたどり着いた。

マーカスがドアを開けたとき、もう一度ヘイリーが言った。「マーカス！」しかし、彼は外に出てうしろ手にドアを閉めた。名前を呼ぶ彼女の声を無視して外階段へ向かい、一段抜かしでおりた。喉がこわばり、胸が痛かった。

一分もしないうちにマーカスはアパートメントの中庭を抜け、錬鉄製の門扉から通りに出てレンタカーに乗りこんでいた。キーを差しこんでまわすと、エンジンが音をたてた。だが、車は発進させなかった。その代わりにシートに倒れこみ、暗いフロントガラスをじっと見つめた。彼の目には、目の前に広がる夜の闇《やみ》ではなく、真剣なまなざしで自分を見つめていたヘイリーの姿が浮かんでいた。マーカスが頼んだ二杯目の酒を持って、大きなおなかを抱えてこちらへ歩いてくるヘイリーの姿が。

彼女は結婚指輪をしていなかった。

マーカスは背筋を伸ばして座り直した。ヘイリーがマーカスの秘書を辞めて彼のもとを去ったのは五月だ。七カ月前になる。

玄関に出てきたときのヘイリーの姿をもう一度思いだしてみた。彼女は腹部に手をのせていた。ビーチボールほどもある大きさのおなかに。

妊娠についてほとんど知識のないマーカスにさえ、あのおなかは妊娠七カ月以上に見えた。今にも生まれそうだった。

心臓があばら骨に激突しそうな勢いで激しく打ちはじめ、胃は世界が傾いたかのようにひっくり返りそうになった。

ヘイリーの薬指には指輪が見あたらなかった。そして夫の姿も。家のなかに夫はいなかった。なぜなら……。

夫などいないからだ。

キーを抜いて車を降りたマーカスは歩道を突っきり、三段の石段をあがって門扉まで戻った。

鍵《かぎ》がかかっている。

マーカスは悪態をついたが、夜の闇以外にそれを耳にした者はなかった。さっきは運よくカップルと一緒になったので、彼らに紛れてアパートメントに入りこむことができたのだ。カップルは互いの体に触れ合うのに忙しく、自分たちに続いてアパートメントに入りこもうとしている男の存在には気づきもしなかった。しかし今回はそうもいかない。ここにはマーカスしかいないのだ。ののしりの言葉をつぶやきながら、彼はヘイリーの部屋番号のボタンを押した。

すぐに彼女が出た。ヘイリーはさまざまな推測をもとにマーカスが結論に至るのを、ドアホンのそばでずっと待っていたようだった。「マーカス」

「ぼくの子か？」

返事をする代わりにヘイリーはロックを解除して、彼を招き入れた。

マーカスが階段の上にたどり着くと、ヘイリーが玄関のドアを開けて待っていた。あたりは静まり返り、クリスマス・ソングはもう聞こえなかった。

低い声でマーカスは促した。「それで？」

ヘイリーがうなずいた。ゆっくりと、慎重に。

「夫は？」マーカスは問いつめた。困惑したように彼女が顔をしかめたので、わかりやすく尋ねた。「きみに夫はいるのか？」

ヘイリーが首を振った。夫はいないのだ。

マーカスは彼女を見つめた。次になにをすべきか、なんと言うべきか、まるで思いつかなかった。

なかに入るよう、ヘイリーが身ぶりで促した。なにも考えずにマーカスは再度彼女のアパートメントに足を踏み入れた。ヘイリーが青い長椅子を指し示す。マーカスは感覚を失った体をさっきと同じクッションに沈めた。

彼は、青い椅子に座ったヘイリーが指輪のない白い手で肘掛けを握っているのを見つめた。どうしても視線は彼女のおなかに引きつけられてしまう。そこには自分の子供がいるのだ。突拍子もない現実を、マーカスは必死で理解しようとした。

ぼくの赤ん坊。ぼくの……。

「マーカス」とうとう小さな声でヘイリーが言った。「わたし――」

マーカスは手をあげて彼女をさえぎった。「きみはぼくらが別れたときには、知っていたんだろう？　だから別れたんだね。子供ができたから」

ヘイリーは首を振った。

「なんだって？」マーカスは問いただした。「妊娠に気づいていなかったとでも言うのか？」

「気づいていたわ。これでいい？　ええ、気づいていたわよ」立ちあがらんばかりの勢いで、ヘイリーが肘掛けを握りしめた。「こんな話をしなくちゃいけないの？」

「ああ」

彼女は椅子に体を沈めた。「まったく意味のないことだわ。わたしは、あなたにはなんの期待もしていないんだから」

「質問に答えてくれ。妊娠したから、ぼくと別れたのか？」

「そうとも言えるけど」

「はっきりさせてくれ。妊娠したから別れたのか、それとも別の理由があるのか、どっちなんだ」

ヘイリーはその輝く瞳を閉じて、ゆっくりと息を吸った。再び目を開けてマーカスを見たときには、慎重に選んだ言葉を口にしていた。「別れたのはわたしがあなたに愛されていなくて、あなたがわたしとの結婚も望んでいなかったからよ。つきあいはじめたときから、あなたには再婚する気も、子供を持つ気もないと、はっきり聞かされてきたんですもの。わたしは妊娠を知ったとき、罪悪感を覚えたわ。それでもこの子は産みたかった。そうなると、妻も子供も必要としていないあなたが、わたしやおなかの子に責任を感じてくれるようになるのを待ちながらいつまでもシアトルにいるなんて、とんでもない無駄にしか思えなくなったのよ。すべての面でね。だから引っ越したの」

マーカスはその言い方に心底腹が立った。まるでなにも言わずに立ち去ったヘイリーが崇高で、彼のほうが間違っていると言っているように聞こえたからだ。「別れる前に言うべきだったと思わないのか？　ぼくには知る権利があったんだぞ」

ヘイリーは青白い頬を紅潮させ、姿勢を正した。「もちろん、言うつもりだったわよ」

「いつ?」

彼女は目をそらした。「それは……ちゃんと準備していたわ」

「準備?」マーカスは繰り返した。さっぱりわけがわからなかった。「ぼくに父親になることを話すのに準備がいるのか?」

肘掛けに置かれたヘイリーの両手が一瞬上にあがり、音をたててまた元の場所に落ちた。

「わたしだって悩んだわ。わかるでしょう? 確かに、あなたと向き合いたくなかったことは認めるわ。でもそのときが来たらあなたがこの件を知ることができるように、根まわしはしておいたのよ」

「根まわし?」

「何度も言わせないで」

「ぼくはいつ知る予定だったんだ?」

「赤ちゃんが生まれたらすぐによ」

「じゃあ、きみは……病院から電話をするつもりだったのか?」

ヘイリーがごくりと唾《つば》をのみこんだ。「ちょっと違うけれど」

「わけがわからないよ、ヘイリー」マーカスは彼女をにらみつけた。

ヘイリーはおなかの下で腕を曲げ、それからぽんと膝を打った。「一緒に来て」

じっとしたままマーカスは尋ねた。「どこへ?」

「いいから一緒に来て。お願い」

「ヘイリー……」

だが、すでにヘイリーは行動していた。臨月間近の妊婦とは思えない、驚くほど機敏な動きだった。彼女はすばやくハンドバッグをつかむと、玄関のクローゼットを開けてハンガーにかかった赤いウールのコートを引っ張りだした。そして肩をすぼめるようにしてコートに腕を通し、マーカスのほうを向いた。「車はどこに停《と》めたの？」

「アパートメントの前だ。でもぼくは――」

「酔っているの？」

「そんなわけがないじゃないか」

「よかった」コートの襟から髪の毛を出して彼女は言った。「それなら運転できるわね」

マーカスは小さく悪態をつきながら立ちあがり、ヘイリーのあとに続いて夜霧に包まれた寒空の下へと足を踏みだした。


十分後、ふたりを乗せた車は樫《かし》と楓《かえで》の木々が立ち並ぶ、静かな通りを走っていた。ヘイリーがある家の私道を指して、そこに入るよう言った。緑のよろい戸が閉まった、白い煉瓦《れんが》造りの家だった。マーカスは彼女の指示した場所に車を停めると、エンジンを切ってキーを抜いた。「誰の家なんだい？」

「来て」まるでそれが返事であるかのようにヘイリーは言い、外に出るなり車の前へまわった。

不本意ながらマーカスも車を降り、彼女のあとについて曲がりくねった歩道を歩き、玄関の赤いドアまでたどり着いた。ヘイリーが玄関のチャイムを鳴らす。

家のなかでチャイムの音が鳴り響き、犬の鳴き声と、大声で返事をする子供の声が聞こえた。

ドアが勢いよく開き、ピンクのタイツとバレエシューズを履いた、茶色い髪の幼い少女が現れた。隣ではシェパードぐらいの大きさの年老いた黒い雑種犬が、フローリングの床を引っかきながらしゃがれた声で鳴いている。その声は、必死で〝うー〟とうなっているように聞こえた。

「静かにして、キャンディ」少女が声をかけると、犬はほっとしたと言わんばかりの鳴き声を出し、お座りをした。少女はヘイリーに笑顔を見せてから、肩越しに叫んだ。「ヘイリーおばさんが来たよ！」

ヘイリーおばさん？　ばかな。おばと呼ばれるためには、きょうだいがいなければならない。ヘイリーにはいないはずだ。

少女の背後からひとりの女性が現れた。茶色い髪をふんわりとカールさせてブルーの目をしたその女性は、どことなくヘイリーに似ていた。目の形や、からかうようにあがった唇の端のあたりが。両手をタオルで拭《ふ》きながら女性が言った。「びっくりさせないでちょうだい」そしてなにか言いたげな目でマーカスを見た。

ヘイリーが紹介した。「マーカスよ」

「まあ」重大な疑問の答えが得られたかのような口ぶりだった。「どうぞ、入って」

少女と老犬がうしろにさがり、ヘイリーとマーカスはあたたかくて明るい家のなかに足を踏み入れた。ヘイリーに似た女性が、開け放したドアの奥にある居心地のよさそうなリビングルームへと案内してくれる。ヘイリーのアパートメントと同じく、窓辺ではクリスマス・ツリーが輝き、ツリーの下は色とりどりのプレゼントであふれ返っていた。

「コートをあずかりましょうか?」女性が尋ねた。

ヘイリーは首を振って答えた。「いいのよ。さあ、座って」

こんなところで自分はいったいなにをしているのか、マーカスは今すぐ誰かに教えてほしかった。彼がいちばん近くにあったウィングチェアに座ると、少女が爪先で回転しはじめた。けっしてうまいとは言えなかったが。もう一度まわろうとしたとき、少女は少しよろけ、そして笑った。その笑顔は、彼女の母親とヘイリーにそっくりだった。

「わたしはディディよ」少女がおじぎをした。

「宿題をしなさい」少女の母親が言った。

「ママ……」

母親は腕を組み、タオルを肘からぶらさげて待った。

とうとう少女はあきらめて不満そうに言った。「わかったわ。行くわよ」だが、どうやら明るい性格の子供らしく、すぐに不機嫌そうな表情は消えた。少女はマーカスのほうへ軽やかに手を振ると、リビングルームから出ていった。そのあとに、のろのろと老犬が続いた。

もうひとつのウィングチェアに座ったヘイリーが言った。「マーカス、わたしの姉のケリーよ」

今夜はなにか奇妙な夢でも見ているのではないだろうか、と彼は思った。妊娠中のヘイリー。ピンクのタイツをはいた少女。よぼよぼの犬。思いもよらないときに突然現れたヘイリーの姉。

「姉」マーカスの口調は、その胸中と同じくらいぼんやりとしていた。「きみにお姉さんがいたのか……」

ヘイリーは児童養護施設で育ったと聞いている。母親が虚弱体質で病気がちのため仕事を続けることが難しく、一人娘のヘイリーの世話ができないのでそこにほうりこまれたのだと。

「マーカス」悲しそうな声でヘイリーがささやいた。「驚くのも無理はないわ。わたしだってびっくりしたんですもの。本当よ、母はいつも子供はわたしひとりだと言っていたんだから。母が嘘をついているなんて、ましてやそんな嘘をつく人がいるなんて、思ってもみなかったの」

「そうか」この驚きの連続が一刻も早く終わるよう祈りながら、マーカスは言った。

ヘイリーの姉のケリーはタオルを指でいじりながら、望みをかけるようにほほえんだ。

「じつは、兄もいるのよ」

再びヘイリーが話しだした。「兄と姉を見つけたのは六月だったわ。いえ、互いに発見し合ったと言うべきかしら。母が死んだときに」

マーカスは喉が詰まり、手で口を押さえて咳払《せきばら》いをした。「お母さんは亡くなったのか……」

「ええ。わたしがこっちに戻ってきてからまもないころにね。母の病室でケリーと、兄のタナーに会ったの」

「それは臨終の場で、ということかい？」

「そうよ」マーカスが次の質問を思いつく前に、ヘイリーは姉のほうを向いた。「あの手紙を持ってきてくれる？」

ケリーが顔をしかめた。「本気で言っているの？　ひょっとしたら――」

「いいから、お願い」

「わかったわ」ケリーは部屋を出ていった。

なにも言わずに、マーカスは出産を目前に控えたヘイリーを見つめた。彼女もなにも言わなかった。

おそらくそのほうがよかったのだ。

白い封筒を持って戻ってきたケリーが、ヘイリーにそれを手渡した。その封筒をヘイリーはそこに印字されたマーカスの住所が見えるように掲げた。「彼に説明してあげて、ケリー」

ケリーは気のりがしない様子で息を吸うと、マーカスを見た。「赤ちゃんが生まれたらすぐに、あなたに手紙を送るようヘイリーに頼まれていたの」彼女は風船の形をしたふたつのシールを見せた。ひとつはピンクで〝女の子〟と書かれ、もうひとつは青で〝男の子〟と書いてあった。

ヘイリーが弱々しく言った。「性別で色分けしたのよ」

マーカスは、ヘイリーが手にしている封筒と、シールを持って立っている彼女の姉に視線をさまよわせ、さらに自分の目の前に座って目を見開き、大きなおなかの上に守るように手を置いているヘイリーを見た。

これは夢に違いない。じきに目が覚めるはずだ。

だが、その夢はいっこうに覚める気配がなかった。

2

ヘイリーは自己嫌悪に陥った。

自分から状況をすっかり台なしにしたことはわかっていた。彼女は向かいの椅子に座っているおなかの子供の父親を見つめ、時間を巻き戻すことができたらいいのにと、切に願った。

はじめからマーカスに話しておけばよかったわ。あとから考えると、どうしようもないくらい明白なことなのに。五月に話しておくべきだったのだ。マーカスと別れる前――彼の秘書を辞めて傷ついた心を癒《いや》すため、このサクラメントへこっそり戻ってくる前に。

たとえ、マーカスへの思いを告げたときにはっきりと拒絶されたにせよ、彼には知る権利があったのだから。そう、わたしがマーカスに、ふたりの結婚についてもう一度考え直してくれるよう思いきって言ったとき、きっぱりと拒否されたにしてもだ。実際はそのあと、わたしたちにはもうどこにも行き場がないのだから別れたほうがいいとヘイリーのほうからほのめかし、彼もそれがいちばんいいだろうと同意したのだった。

いずれにしても、別れるときにマーカスが父親になることを話しておくべきだった。もしあのとき伝えていれば、今ごろこんなふうにして姉の家のコーヒーテーブルをはさんで向かい合って座り、いつもの鋭いグリーンの瞳に困惑の色を浮かべて、わたしへの憎しみを募らせているマーカスの姿を見ることもなかったのに。

ヘイリーは暗雲のようにリビングルームにたちこめているいやな沈黙を破った。「ええ、わかっているわ。避妊に失敗したのよ」彼女は封筒に目を落とした。「あなたに父親になったことを知らせるのに、この方法はないわよね。こんなまねをしようとしていた自分が信じられないわ。わたしは……」ヘイリーは思いきって視線をあげてマーカスを見た。彼は身動きひとつしていなかった。息さえしていないのではないかしら？　訴えるようにヘイリーは言った。「ああ、マーカス、どうかわかってほしいの。あんなふうに別れたあとで、あなたになんて言ったらいいのか、まったくわからなかったの。わたしが怖《お》じ気づかずにあなたに子供のことを伝えることができる唯一の方法が、これだったのよ」

マーカスが立ちあがった。

ヘイリーは息をのんだ。「帰るの？」

「ああ、帰る」

マーカスがくるりと背を向けてドアのほうへ歩いていくのを見て、ヘイリーはハンドバッグに封筒をそっとしまった。彼はうしろを振り返ることなく、玄関に続くアーチをくぐった。ドアが開く音を聞いてヘイリーは立ちあがったが、すぐに閉まる音が続いた。終わりを告げる決定的な音だった。

ケリーがこちらを見た。「なんてことかしら。彼、怒っているわよ」

「もしかしたら、わたしを置いて帰る気かもしれないわね」そうであってほしいような、ほしくないような心境だった。

「それはだめよ。ちゃんと仲直りしなくちゃ」

ヘイリーは明るく笑ってみせた。「わたしなら大丈夫よ。本当に」

近づいてきたケリーがヘイリーの手をとった。「なにかあったら電話するのよ」

「わかった。約束するわ」

「わたしはここにいるから。いい?」

「ええ。ありがとう……」

最後に安心させるように強く握ってから、ケリーは妹の手を放した。

ヘイリーが外に出ると、マーカスは運転席に座ってエンジンをかけて待っていた。彼はまっすぐ前を見つめている。ヘイリーは車に乗りこみ、大きなおなかに合わせてシートベルトを充分に伸ばしてから装着した。

こちらをちらりとも見ないまま、マーカスはバックで私道から車を出し、出発した。

彼女の家まで戻る短いドライブは険悪な雰囲気に包まれていた。座席でじっとしているよう努めながらヘイリーは、わたしに話しかけるどころか、彼がこちらを見ることはもうないのかしら、と思っていた。

アパートメントに着くと、マーカスは無言のままヘイリーに続いて錬鉄製の門扉をくぐり中庭を抜け、外階段をあがって玄関まで来た。彼女は鍵《かぎ》を差しこんで大きくドアを開けた。

ヘイリーがなかに入ろうとすると、マーカスが彼女の腕をとった。「手紙」

「え……なに？」

「手紙を渡してくれ」

「だけど書いてあるのはあなたがもう知っていることばかりだし、どうして――」

「ぼくに読ませたくないんだろう」マーカスの口調は責めているようだった。

「そういうわけでは――」

「手紙を渡して」マーカスが繰り返した。

今では彼もまっすぐにヘイリーを見つめていた。それは彼女がマーカスの下で働いていたあいだの、これまでの人生で経験したことのないくらい、どうしようもなく深い恋に落ちてしまった二年間で、ヘイリーがよく見知った表情だった。彼がそんな顔をするのは、望むものを手に入れるまでは引きさがらないときだった。それなら、今渡してしまったほうがいいだろう。結局はマーカスのものになるのだから。

「わかったわ」まるで自分で考えて決断したかのように言うと、ヘイリーはハンドバッグから手紙を出して彼に手渡した。

マーカスは彼女の腕を放したが、即座に脅すように言った。「またぼくから逃げようなんて考えないでくれよ」

むっとしたヘイリーは頬を紅潮させた。「どういう意味？ わたしはあなたと仕事とシアトルから離れただけよ。逃げたわけじゃないわ。それにもうどこにも行く気はないもの。ここがわたしの家よ。このサクラメントにはきょうだいだって住んでいるのだから」

「とにかくどこへも行くなよ。どこに逃げようと、ぼくは必ずきみを見つけだす。それはわかっているね？」

確かに、よくわかっていた。だが、だからなんだというのだろう。彼女には逃げるつもりなどまったくないのだから、マーカスが言っていることにはなんの意味もない。「わたしはこの町が好きなの」今度こそ言いたいことが伝わるよう願いながら、ヘイリーは言った。「どこへも行かないわ」そして冷たい夜気から身を守るように両手で自分の体を包みこみ、玄関の先にあるあたたかくて明るい室内を物欲しそうに見つめた。「寄っていく？」

「今夜はやめておこう」彼のその横柄な口調に、ヘイリーは腹が立った。これでは話し合いというより、あてつけているみたいじゃないの。しかも視線を合わせようともせずに、わたしの肩の向こうを見るようにして言っているんだから。今まで数えきれないほど考えてきたことを、また考えてしまった。世界じゅうの男性のなかで、どうしてわたしはマーカス・リードを愛してしまったのだろう。

おそらくはヘイリーの育った環境、もしくはそこに欠けていたもののせいだろう。母親はヘイリーが赤ん坊のとき、彼女を児童養護施設にあずけた。そして父親は、あの悪名高い誘拐犯であり、何人もの妻を持つブレイク・ブラボーだったのだから。彼はヘイリーが生まれる前にすでに姿を消していた。手の届かない人――それが、彼女にとって父親を物語る言葉だった。

だからヘイリーが、気持ちの面で手の届かない男性を愛する対象として選ぶのは少しも不思議ではないのだ。

「そう。わかったわ」ヘイリーは言葉を返した。「寄っていかないならこれで失礼するわね。おやすみなさい」そしてアパートメントのなかへ逃げこもうとした。

だがそのとき、マーカスがぼんやりとつぶやいた。「少し考える。話はそれからだ」

ヘイリーは再び彼と向き合った。「わたしもそのほうがありがたいわ」ふたりでなににについて話し合うのか、彼女にはわからなかった。これ以上なにを言う必要があるのかしら？　赤ん坊が生まれたのちに、親権だの養育費だのといった愉快な話をするときまでは、たいした話などないはずなのに。

やれやれ。まさにわたしが恐れてきたものばかりだわ。直面することを、ずっと避けてきたことばかり。

なぜならそれは、マーカスはけっして子供を見捨てたりするような男性ではないとわかっていたからだ。たとえ彼が子供はいらないと言い続けてきたにせよ、妊娠が現実となった今、すべては一変するだろう。彼は子供に対して責任を感じるようになるに違いない。マーカス・リードは自らの責任をきっちり果たす男性だった。

ようやく彼が帰っていった。ヘイリーは玄関のドアを閉め、激しい脈拍とあばら骨にぶつかりそうな勢いで打っている、心臓の鼓動を抑えようと必死になった。

とうとう彼に秘密を知られてしまった。この状況にマーカスは激怒しているはずだから、もうほうっておいてはくれないだろう。

3

マーカスへ

どこから話をはじめたらいいのか、わたしにはわかりません。だから伝えなければならないことだけを言おうと思います。もしあなたがこの手紙を読んでいるとしたら、それはあなたが父親になったということです。わたしはあなたの赤ちゃんを出産しました。子供が無事に生まれたので、この手紙があなたのもとへ届いたのです。封筒のシールを見れば、男の子か女の子かわかると思います。

本当にごめんなさい。今ごろきっと怒っているでしょうね。無理もないことだと思います。シアトルを離れる前に話すべきでした。でも、わたしにはそれができなかったのです。

だから、こんなふうに手紙で知らせます。

どうかわたしを憎まないでください。

〝どうかわたしを憎まないでください〟

マーカスはその文章を二度読み返した。そしてこれが三度目だった。

彼はネクタイをゆるめ、ホテルのベッドに体を投げだすと、美しく装飾を施された天井を見つめながら、ヘイリーは間違っていると思った。マーカスは憎んでなどいなかった。確かに、今この瞬間に彼女に対して抱いている感情は楽しいものではない。怒りと失望、そして独占欲を傷つけられたような、そんな思いがすべて入りまじっている。

だが、憎んでいるかと問われれば、違うと答えただろう。いっそのこと憎みたかった。そうすれば、物事はもっと簡単になったのに。

手紙の残りの文面を読んだ。そこには、ヘイリーが出産のために利用するのであろう病院の住所と電話番号が書いてあった。さらには、彼がすでに知っている彼女の家の住所と電話番号も。

ヘイリーは最後にこう書いていた。

わかってください。これがあなたの望みでないことは知っています。誓って言えますが、わたしは妊娠しないよう注意していました。ただ、その注意がどうやら足りなかったようです。

ヘイリー

それで手紙は終わりだった。マーカスが知っている以上のことは書かれていなかった。

彼は手紙を丸めて、ごみ箱へほうり投げた。

いったいぼくにどうしろというんだ？

マーカスの会社は中部カリフォルニア市場に大々的に進出する態勢を準備中で、その一連の会議に出席するため、彼は明日シアトルへ戻ることになっている。最初の会議は午前十一時からの予定だ。マーカスにとってこれらの会議は、最優先に考えなければならないことだった。

けれども存在を知ったばかりの子供のこともまた、最優先事項にあたるのだ。

ヘイリーもそうだ。ヘイリーのプライドがそれを認めるかどうかにかかわらず、今の彼女にはマーカスが必要なのだから。

ベッドに寝そべったまま、彼はナイトテーブルの上にある携帯情報端末《PDA》のブラックベリーをつかみ、メモリー機能を操作してヘイリーの家の電話番号を調べると、そのまま電話をかけた。二回目の呼びだし音で彼女が出た。

「もしもし？」ヘイリーのハスキーな声は、ふたりで過ごした夜や、マーカスのベッドでまどろむ彼女のにおいと感触を思いださせた。

「もう寝ていたのか？」責めるような口調で言うつもりはなかったのだが、結果的にそうなってしまった。

「マーカス」ヘイリーがため息をついた。「いったいなんの用なの？」

「明日の朝六時の飛行機でシアトルに帰る。絶対に抜けられない会議があるんだ」

「あなたはいつだって〝絶対に抜けられない会議〟があるのよね。かまわないわよ。言ったでしょう？　わたしはなにも期待なんか——」

「そのあとは、数日予定を空けるつもりだ。それからこっちに戻ってくる」

「そんなことしなくていいのに」

「いや、そうしないといけないんだ。きみもわかっているはずだ。また会いに来る。木曜日か、遅くとも金曜日には必ず。それ以前になにか用事があれば、電話をしてくれ。番号はわかるかい？」

沈黙のあと、ヘイリーは言った。「ええ」

「出産予定日は？」

「一月八日よ」

「もう働いてはいないんだろうね？」受話器の向こうでがさがさと音がして、ヘイリーがベッドの上に起きあがったような気配がした。くしゃくしゃの服をまとい、眠そうな目で、寝起きの髪をからませたヘイリーが。「ヘイリー？」

しぶしぶと彼女は答えた。「いいえ。まだ働いているわ」

「辞めるべきだ。赤ん坊のことをぼくに話した以上、きみが働く必要はもうないだろう。ぼくがすぐになんとかするから」

「つまり、お金を出すということね」ヘイリーの口調があからさまに冷たくなった。「ぼくの援助を断るべきではないというのに。今のところ、わたしは順調に暮らしているわ。仕事は好きだし、楽しいから続けたいと思っているの――」

「辞めるんだ。明日」

「もう。いい、突然わたしの生活に入りこんできたのはあなたのほうなのよ。口出しをするのはやめてちょうだい」

「ぼくはただ……」

「やめて」

ヘイリーがどこで働いているのか、どんな仕事をしているのか、マーカスにはまったく見当もつかなかった。悪いのは自分だ。七カ月前、品よく振る舞わなければという思いから、集めるのは基本情報のみにするよう探偵に命じたせいだ。

その結果、こうして自分で尋ねなければならなくなった。「とにかく、どこで働いているんだ?」

「K通りのそばの〈アラウンド・ザ・コーナー・ケータリング〉という会社よ。業務マネージャーをしているの。小さなケータリング会社で、オーナーとシェフと皿洗いとわたしだけで切り盛りしているわ。だけど、かなり繁盛しているのよ。人材派遣会社とも提携して、食べ物だけでなく、準備から片づけまでこなすスタッフを提供する、包括的なサービスが自慢なの」

「きみはケータリング会社で働いているのか」

「そうよ。なにか問題でも？」

「ストレスの多い仕事じゃないか。きみだってわかっているだろう？　シェフなんてみんな、怒ってばかりいるものだし。きみは妊娠しているんだぞ。そんなストレスの多い職場にいるべきではない。きみは――」

「やめて」ヘイリーがその言葉を口にするのは、これで三度目だった。

マーカスはあきらめた。この問題は、後日また戻ってきたときにもう一度話し合おう。そしてヘイリーにわからせるのだ――ぼくのやり方を、そしてそれがいかに正しいやり方かを。「二日ほどサクラメントを離れる。長くても三日だ」

「さっき聞いたわ」

「違う。さっきは木曜日か金曜日に戻ると言ったが、熟慮の結果、もっと早く戻るべきだと思ったんだ。できれば水曜日に」

「わかったわ。水曜日に帰ってくるのね。これで話は終わりかしら？」

ふたりのあいだにこんな緊張感を漂わせたまま、電話を切りたくなかった。なにか優しい言葉を言わなくてはとマーカスは思った。それなのに優しい言葉が、なにひとつ思い浮かばない。「なんとかなるから。ぼくを頼りにしてくれていい」

「わかっているわ」

「心配しないで」

「ええ……」ヘイリーは一瞬間を置いてから静かにこたえ、それからほとんどささやくような声で告げた。「おやすみなさい、マーカス」そして電話が切れた。

マーカスはPDAをナイトテーブルの上に戻し、頭のうしろで両手を組んだ。ぼくの子供がヘイリーのおなかのなかにいる……。まだ信じられない。子供などぼくの人生計画にはなかったのに。

だが、計画は変更された。人生にはときとしてそういうことも起こりうるのだ。

「一時間前、マーカスの秘書が会社に電話をしてきたの」翌日のランチでケリーに会ったとき、ヘイリーは姉に言った。「ジョイスという名前で、なんていうかとても……有能な感じだったわ」

「それはよかったじゃない」あいづちを打ちながら、ケリーはシーザーサラダにフォークを刺した。

ヘイリーはゆっくりと円を描くように、ペリエのグラスをまわした。「つまりね、若くはなかったってことなの」

口のなかのサラダをのみこむと、ケリーは顔をしかめて、よくわからないと言いたげな表情を浮かべた。「若くないというのは、あなたほどには、という意味かしら?」

ヘイリーはまたグラスをまわした。「彼がわたしの後任に雇った女性の年齢がいくつでも、気にすることではないんだけれど」

「でも、うれしかったのね」

姉の言葉を否定しようとしたが、ヘイリーにはできなかった。「そうだと思うわ。たとえマーカスがわたしと別れたあと、何人もの美女とつきあっていたとしても」

「まあ、本当?」

「本当よ」

「どうして知っているの?」

「まだシアトルの雑誌を定期購読しているから。彼がタキシード姿で載っていたのよ」フランス産の炭酸水が入った、とても高そうなグラスをヘイリーは物憂げに見つめた。「マーカスのタキシード姿はすてきだったわ。なにかのオープニングセレモニーで、目をみはるような美しいブロンドの女性をエスコートしていたの。彼はひどく近寄りがたくて、危険な雰囲気を持っていたわ。でもすごく魅力的で――。マーカスが魅力的な男性だってことは言ったことがあったかしら?」

「しょっちゅうね」

「それを目にして、わたしのみじめな心はまた砕け散ったのよ」

「いやな男ね」

「いいえ。いやな人間なんかじゃないわ。彼は……とにかくマーカスなのよ。つきあっているときの彼はわたしに対して誠実だったわ。それに本当は、独身生活が大好きというわけでもないみたいなの。だけどわたしと別れたときに、別れた女のことなんか忘れたと証明しなくては名誉にかかわると思ったんでしょうね」

ケリーが頭を振った。「いやな男だって、もう言ったかしら?」

「ええ。それでわたしが、いやな人間なんかじゃないってこたえたのよ。マーカスはただ……そうね、もっとよく彼のことを知らないと」

姉は賢明にもコメントを差し控えた。しばらくのあいだふたりは黙って食事をしていたが、ついにケリーが言った。「それで、あなたたちはいつ恋人どうしに……?」

「マーカスの下で働きはじめてから六カ月たって、彼の離婚が正式に成立したときよ」

「彼は結婚していたの?」

「幼なじみの女性とね。でも彼女はマーカスを捨ててヨーロッパ人の男性と駆け落ちしたの。これはチャンスだと思ったわ。そこでわたしは、彼のもとに離婚成立の書類が届くのを待って誘惑したの。恥ずかしながら、これが真相よ」

ケリーがくすくす笑った。「悪い妹ね」

「そうよ。わたしならマーカスに、本物の愛とはどういうものかを教えてあげられると思っていたの」ヘイリーは頭を振った。「その結果がこれよ」彼女は唐辛子のきいたグリルチキンのサンドイッチをかじり、ゆっくりと噛《か》んだ。出産を間近に控えた最後の一、二カ月ともなると、赤ん坊は母親の体内でかなりのスペースを占めるようになる。そのため、急いで食べるとあとで胸焼けを起こすのだ。

「ところで、その年配の新しい秘書がなんの用で電話をかけてきたの？」酸味のあるロールパンにバターを塗りながら、ケリーがきいてきた。

「彼女はただ、プラチナカードの発行手続きをとったことと、多額の資金を送金したいからわたしのメインバンクを教えてほしいと言ってきただけよ」

「お金、ね」考えこむようにケリーが言った。「役に立つことは認めないと」

「確かに。本当はもっと感謝しなくちゃいけないのよね？」

ケリーは含み笑いをもらした。「とんでもない。感謝しなければいけないのはマーカスのほうよ。あなたみたいに、きれいで賢くて有能で、愛情たっぷりの女性が自分の子供の母親なんだから」

「彼に伝えておくわ」

「ぜひ」

「マーカスはただ、ほんの少し問題を抱えているだけなのよ。ひどい子供時代や、あっというまに終わってしまった結婚生活のせいでね。そんな男性を救おうとするのは不可能だと決まっていたのよ。わたしにはそんなことできっこないってことを忘れないように、刺《し》繍《しゅう》して壁に飾っておかなくちゃ」

「どういう言葉を刺繍するの?」

「〝問題を抱えた人間を救う道はない、だからむやみにかかわらないほうがいい〟」おもしろくもなさそうにヘイリーは笑った。「ほら、韻を踏んでいるわ」

「まさに警句ね」

「なに?」

「ケリー」

「わたしは問題を抱えていると思う? この生いたちのせいで」

ケリーは肩をすくめた。「多少は影響を受けているかもしれないわ。でもそれを言ったら、わたしたちみんながそうよ。あなたも、わたしも、タナー兄さんも。それからあのろくでなしのブレイク・ブラボーを父に持った子供たち全員がね。考えてもごらんなさい」

ブレイク・ブラボーは何人もの女性と婚姻関係を結び、何人もの子供をもうけていた。どの女性も自分がブレイクの唯一の妻だと信じていたが彼女たちはずいぶんあとになってから真相を知ることになった。ブレイクがついに死んだのち、複数の妻がいたことがアメリカじゅうに知れ渡ったのだ。おそらく、まだ見つかっていない者もいるだろう。女性たちが産んだ、子供たちもまた。「父を理解できるような人は誰もいないわ」ケリーが続けた。「ときどき彼に会っていた人でさえわからないでしょうね。だって彼は、誰もが理解できるような人間ではなかったんだもの。それに、わたしたちの母親はみんな、心に問題があったのよ。それは動かぬ事実よ。母さんを思いだしてみて」

「ああ、母さん。そうね」ライア・ウェルズ・ブラボーは体も心も弱く、危険で独特の魅力を持つブレイク・ブラボーが標的にするにはぴったりの女性だった。彼女は、ブレイクとのあいだにできた子供たちを全員、児童養護施設に入れ、三人それぞれに、きょうだいはいないと告げていた。そして自分で育てることはせず、養子に出すことも拒んだ。

「悲しい話よね」ケリーが言った。「ブレイク・ブラボーのような男性に恋をしたら、頭がどうにかなってしまうのもしかたがないことなのかもしれないわ」

「そんな話じゃちっとも元気が出ないわよ」ヘイリーはペリエをすすった。

「ごめんなさい」

「母さんのことは、考えるだけで気がめいるわ。だって、母さんはもういないのよ。死んだ人間を生きていたとき以上に理解することは、たぶんできないでしょうね。それなのに、母さんのことがわからないと思うのはいやなの」ヘイリーはサンドイッチを見つめながら、もう少し食べなくては、と思った。「マーカスの子供時代もひどかったということは話したかしら？」

「ええ。彼の両親には会ったことがあるの？」

「ふたりともずいぶん前に亡くなったらしいわ。母親はマーカスが子供のときになにかの事故で亡くなったそうよ。彼はいまだになにが起きたのか、はっきりわからないと言っていたわ。父親はいつも酔っ払っていたから、マーカスは嫌っていた。その父親が死んだとき、彼は巨額の財産を手に入れたけれどそれにはまったく手をつけずに残しておいて、さまざまな慈善事業に資金提供できるようにしたんですって。〈カフェ・セントラル〉をどうやってはじめたのかというと、マーカスが自力で開業したの。大学卒業直後にタコマで、街角のコーヒーショップからはじめたのよ」

「その〈カフェ・セントラル〉だけど、たしか、〈スターバックス〉みたいな店だと言っていたわよね？」

「全然違うわ」テーブルに寄りかかったヘイリーが低い声で否定した。「〈カフェ・セントラル〉と〈スターバックス〉の年季の入りようを比べてみてちょうだい」そして笑った。「でも、そうね。有能で腕のいいバリスタがいて、質のいいコーヒーがあって、好みに応じて泡立てられたすばらしいラテもある。特別なのに居心地がいい、雰囲気のよさもある。厳選されたおいしいパンや、お菓子だって食べられるのよ」

「店内では無線ＬＡＮも使える？」

「もちろん。それに企業としても進歩的よ。職場環境もお給料もいいし、全社員が自社株を購入できて、福利厚生には健康保険制度も含まれているわ。〝あなたのご近所にももうすぐ出店します〟が、マーカスがいつも言っていたことなの。サクラメントにも何店舗かオープンする予定になっているわ」

「待ち遠しいわね。それにしても、彼ってなんていうか……複雑な人ね」

「そうね。そして頑固だわ、ものすごく。赤ちゃんのことを知った今、マーカスはわたしに自分のやり方を押しつけようとしているの。なにもかも、すべて」

「結婚も含めて?」

ヘイリーが笑った。「なにを言っているの。エイドリアーナからひどい目に遭わされたときに、二度と結婚しないと彼は誓ったのよ」

「でも、父親になろうとしている今なら……」

「彼にはそんなこと通用しないわ。たとえ子供が生まれたとしても、絶対に無理ね。子供の養育権は要求してくるかもしれないけど」

ケリーは鼻で笑った。「あら、マーカスは子供なんか望んでいなかったって言ったじゃない」

「そのとおりよ。だけどこんな事態になったら、彼は正しいことをしようとするでしょうね。自分が正しいと思うことならどんなことでも。マーカスは……必要とあれば非情にも、冷淡にもなれる人よ。恐ろしいほど感情を切り離した行動がとれるし。でもつねにフェアを重んじる人だから、たぶん養育権を分かち合うことには賛成してくれると思うわ」

「ご親切ですこと」

「だけど見ていて。彼はわたしに、シアトルへ戻ってこいと言ってくるから。今だって、早く仕事を辞めろとうるさいのよ」

「そんな脅しに負けてはだめよ。いざとなったらタナーをけしかけてみなさい」ヘイリーとケリーの兄は、私立探偵をしている。強く物静かで、賢い男性だ。頑固さではマーカスと同じくらいかもしれない。

「タナーだって、マーカス・リードが自分のやり方を通すのは止められないわ」

「でも、あなたならできる」ケリーが言った。「あなたは強くて賢いヘイリー・ブラボーよ。誰もあなたを思いどおりになんかできっこないわ。ノイローゼ気味の哀れな母親と児童養護施設を相手に、前向きな姿勢とものすごい勇気でここまで生き延びてきたんですもの。あなたならうまくやれる。それから、あなたの赤ちゃんもね」

「もう一回言って」

「うまくいくわ。見ていてごらんなさい」

ヘイリーはサンドイッチをもうひと口食べると、姉の言うとおりであることを強く願った。

その夜、仕事から帰ったヘイリーは、玄関脇《わき》の籐《とう》椅子に座っているマーカスを見つけた。上質な仕立てのダークグレーのスーツの上に、同系色の高価なトレンチコートを着た彼は、まるでおしゃれな雑誌の表紙から抜けだしてきたようだった。

マーカスのグリーンの目と目が合ったとき、不本意ながらもヘイリーは身震いするような興奮を肌に感じた。大きなおなかを抱えて心は傷つき、子供の運命に脅威を突きつけられているにもかかわらず、彼をひと目見ただけで、思わず息をのんでしまった。

「もう六時過ぎだぞ」マーカスがつぶやいた。瞳は暗く、不穏な雰囲気を漂わせていた。手すりに巻きつけられたクリスマスの電飾が、彼のとがった頬骨を浮き彫りにした。「どういう時間帯で働いているんだ?」

「来てくれてうれしいわ」ヘイリーは玄関の鍵《かぎ》を開けるとドアを押し、うしろへさがって彼に先に入るよう示した。

立ちあがったマーカスの姿は男らしく、堂々とした気品に満ちていた。その長身でスリムな体を見て、ヘイリーはセクシーな気分になった。だがそれは七カ月前に彼と別れたのちは望めなくなった感覚であり、そしてその感覚を満足させるのは、おそらく今のヘイリーの状態では不可能なことだった。

「大丈夫なのか?」マーカスが顔をしかめた。「そんなふうに働きすぎるのはよくないよ。

もう少しで赤ん坊が生まれるというのに、一日じゅう立っているなんて」

「予定日はまだ一カ月も先よ。それに立ち仕事はほとんどなくて、デスクワークが中心だし。心配してくれてありがたいけれど、たまたま今夜はイベントがふたつあっただけなの。カクテルパーティと、ちょっとしたディナーパーティが重なったのよ、スケジュールどおりね。だから少し残業して、最後の仕上げを手伝ってきたの」相変わらず、シェフのフェデリコは大声で怒鳴り、オーナーのソフィアも怒鳴り返していた。それでもふたりはいつも、最後には美しく団結するのだ。

「ケータリング会社なんて」マーカスがぶつぶつ言っていた。「どんなものかわかっているさ。いやになるくらい神経を遣って、叫び合って大騒ぎするんだ」そのとおりよ。ソフィアとフェデリコのしていることを、よくわかっているじゃないの。ソフィアは絶対に認めようとはしないだろうけれど。「そんなストレスの多い環境が、赤ん坊のためにもきみのためにもいいわけがない」

「同じ話の繰り返しね」

「これは繰り返してもいい問題だ」

「わたしが肺炎になっても、おなかのなかの赤ちゃんにはよくないわ」夜気の冷たさにヘイリーはコートの前を合わせた。「それでもあなたは、ひと晩じゅうわたしをここに立たせておくつもりみたいね」

マーカスは小さな声で——おそらくは、なにかヘイリーの気に障るようなことをつぶやいた。それからようやく、しぶしぶアパートメントのなかへ足を踏み入れた。ヘイリーはとりあえず部屋の明かりをつけ、ドアを閉めた。

ふたりは窮屈な玄関口付近で向き合うことになった。

「早かったのね」突然すべてのことが奇妙に感じられて、ヘイリーは無理に笑みを浮かべた。ふたりのことも、赤ん坊のことも、七カ月前にマーカスに拒絶されたことも、父親に子供のことを黙っている権利などないのに秘密にしてきたことも、それは無意味な秘密だったことも、なにもかもが奇妙だった。

なぜなら、結局マーカスはまたヘイリーの人生に戻ってきたのだから。必要の有無にかかわらず、彼女と赤ん坊の面倒を見る覚悟で。

「二、三日休みをとったんだ」マーカスがしかめっ面のまま言った。

「休みなんかとったことがないのに」

「なんにでも最初はあるさ」

「会議が入っているんだと思っていたわ」

「さっさと終えてきたよ。明日と明後日のスケジュールを空けたんだ」彼の瞳は冷たく輝き、官能的で決意に満ちた口元は、なにか計画があることをほのめかしていた。ヘイリーと赤ん坊と、ふたりの未来にかかわる計画が。これから四十八時間で、マーカスはその計画を実行するつもりなのだろう。彼女が気に入るかどうかに関係なく。

ヘイリーは作り笑いを崩さなかった。「コートをあずかるわ」マーカスが肩をすくめてトレンチコートを脱ぐと、彼女は自分のコートと一緒にそれをかけた。「なにか飲む？」

「いや、いらない」

少しでも明るさを求め、なおかつふたりのあいだに距離を置く言いわけにもなるように、ヘイリーはクリスマス・ツリーのほうへ向かった。ぎこちなくかがみこんでコンセントを差しこむと、ツリーに明かりが灯《とも》った。楽しげで、まぶしいほどに華やかな明かりだった。

寂しかった子供時代も、ツリーはいつもそこにあった。家々を渡り歩いたグループホームや、いくつもの児童養護施設にも。そしてツリーの下には、少なくとも必ずひとつは自分へのプレゼントがあった。以来ヘイリーは、クリスマスをなにか特別な、魔法みたいなものと考えるようになった。他人の家を転々として暮らすという、さえない生活のなかでも、その日だけはきらきらと輝いていたものだ。クリスマスはにぎやかで楽しかった。喜びに満ちた音楽に包まれると、ヘイリーの目にはあたたかい涙が浮かんでくるのだ。

おかしなことに、ケリーもクリスマス・シーズンを妹とまったく同じようにとらえていた。

「おいで」マーカスが目の前に立っていた。彼が手を差しだし、ヘイリーはその手をとった。彼女はマーカスの長くてたくましい指に触れ、あまりの心地よさに衝撃を受けた。

ああ、だめよ。気をつけないと。マーカスのこととなると、わたしはなにも考えられなくなってしまうんだから。

マーカスがヘイリーの手を引いて立ちあがらせた。ヘイリーは度がすぎない程度に、ほんの少しだけ寄りかかるようにしながら彼に従った。そしてまっすぐ立つと、甘美な誘惑を遠ざけるために即座にうしろへ一歩さがった。体をマーカスの体に押しつけたい、その腕で彼が包みこんでくれるかどうか、抱きしめて髪に口づけしてくれるかどうかを確かめたいという誘惑を退けるために。

ヘイリーは尋ねた。「食事はすんだの?」

「今、そんな話は必要ない。きみの――」

「答えになっていないわ。夕食は食べたのかどうかをきいたのよ」

「まだだ」

「ゆうべ、スパゲッティを作ったの。あなたが……訪ねてくる前に。まだたくさん残っているから、それをあたためてサラダを作るわ。座っていて。ソファの肘掛けにリモコンがあるから、ニュースでも見ていてちょうだい。すぐできるから……」

マーカスはしばらくヘイリーを見つめていた。彼はなにを考えているのかしら。だが、とうとうマーカスは肩をすくめると、ソファに行って腰をおろした。

少ししてから、ヘイリーは彼をキッチンへ呼んだ。マーカスがテレビを消して小さなテーブルに着いた。ふたりはほとんど黙ったまま食事をした。ヘイリーのささやかな食欲は跡形もなく消えうせてしまっていた。不安でいっぱいだった。しかし彼女は無理やり食べ物を口へ運び、ゆっくりと噛んで、苦しげにのみこんだ。赤ん坊には夕食が必要なのだ。本当はヘイリー自身にも。

食事が終わるとマーカスが立ちあがり、ヘイリーが食器洗い機に皿を入れてカウンターを拭《ふ》いているあいだに、テーブルをきれいにしてくれた。それからふたりはリビングルームへ行き、マーカスは椅子に、ヘイリーはソファに、それぞれ座った。

ソファのクッションに体を沈めながら、ヘイリーは鼓動が速くなっていくのを感じていた。てのひらはじっとりと汗ばみ、胃は緊張で締めつけられているかのように痛かった。赤ん坊が腹部を蹴《け》っている。彼女はためらいがちにそこへ手をあてた。

「気分が悪いのか?」マーカスが顔をしかめた。

ヘイリーは首を振った。「ただちょっと……これからなにを言われるのかと不安なだけ」

「顔色が悪い」

「赤毛のせいよ。この髪の色だと、どうしても顔が青白く見えてしまうの」

「いつもより青白く見えるという意味で言ったんだが」

「早く話してちょうだい。お願い。あなたがどうしたいのか教えて。そこからはじめましょう」

「きみを混乱させたくないんだ」

ヘイリーはおなかの上で両手を重ねた。「大丈夫よ」嘘《うそ》だった。だが、嘘もときには必要なのだ。「考えていることを話して。さあ、どうぞ」

「ヘイリー、ぼくは……」マーカスの声が小さくなった。考えこむような目で彼女を見つめている。

「なに？　ぼくは、なんなの？」ヘイリーは質問を繰り返した。ところが尋ねながら、なぜか答えがわかってしまった。彼がなんと言おうとしていて、なにを望んでいるかを。そのどれもがマーカス自身の求めているものと違うことは、疑問の余地もないくらい確かなことだった。

だが彼はそれを口にした。「ぼくたちは結婚するべきだと思うんだ。さまざまな点から考えて、子供のことも含めたらそうするのがいちばんいい方法だと思う」

〝結婚〟信じがたい言葉が、ふたりのあいだをさまよった。

子供ができたからといって、マーカスが結婚を求めている……。

ヘイリーは組んだ手をほどいておなかから離し、そのとたんに、離した両手をどうすればいいのかわからなくなってしまった。まるで誰かほかの人のもののように、じっと手を見つめた。「結婚」いまだに信じられない気持ちで、彼女はマーカスの言葉を繰り返した。

「そうだ」彼がうなずいた。「結婚だ」

ソファのクッションの上にしっかりと両手を置いて、ヘイリーは思いきって言った。「だけどあなたは、もう二度と結婚するつもりはないんでしょう？　わたしにそう言ったじゃない」

マーカスはひるんだのだろうか？　確かにヘイリーにはそう見えた。「これがいちばんいい方法なんだ」彼は繰り返した。まるで何度も唱えることで、もう二度とするつもりはないと誓っていた結婚をすることを、ヘイリーに受け入れてもらえるようになると思っているみたいだった。

でも、それはそんなに悪いことなのかしら？　心底、軽蔑《けいべつ》すべきこと？

ヘイリーは胸が高鳴った。

そう。心臓はどきどきと喜びに躍っていた。マーカスとの結婚は、彼女がいちばん大切にしてきた、最高の夢だったのだから。

マーカスと初めて会った瞬間に、ヘイリーは自分が彼を愛してしまうだろうとわかった。それはヘルズ・ビジネスカレッジを卒業して二カ月後の雨の月曜日、初めてシアトルを訪れ、マーカスの秘書という条件のいい仕事の面接を受けたときのことだった。ヘイリーにはマーカスという人間が理解できた。鋭く用心深い瞳、セクシーな口元、彼自身で思っているより優しいところ、警戒するような胸のうち、めったに見せないユーモアのセンス……。

彼女はマーカスを愛した。彼こそが、孤独な日々のなかでヘイリーが探し続け、ずっと夢に描いてきた男性だった。

マーカスとの結婚をヘイリーは待ち焦がれ、いつの日にかかなうのではないかと、はかない望みを抱き続けた。

彼を愛していたからだ。最初からそうなることはわかっていた。マーカスの下で働きはじめて数週間のうちに、ヘイリーの心は彼のものになった。完全に、無条件で。しかし何カ月ものあいだ、マーカスは彼女に触れようとしなかった。

ヘイリーは待ち、そしてたくらんだ。

やがてマーカスの離婚が成立したと知るやいなや、ヘイリーは彼の自宅へと向かった。黄色のコートを着て、ハイヒールを履き、薄いランジェリーのほかにはなにも身につけずに。

とうとうふたりは恋人どうしになった。いや、マーカスは彼女を愛していなかったが、ヘイリーは彼を愛した。

ときどきヘイリーは、マーカスを愛しすぎてしまうのが怖くなった。彼女の愛はまるでクリスマスのようだった。魔法をかけられたように、きらきらと輝いている。新しい里親の家のクリスマス・ツリーの下に置かれた、プレゼントみたいに。

「ヘイリー？」マーカスの声で彼女はわれに返った。夢にまで見た、恋い焦がれるマーカスの声で。だが結局、世話をしてくれたすべての里親たちと同様に、彼もヘイリーのものではなかった。

ヘイリーは唇をきつく結んで首を振り、悲しげにマーカスを見つめた。

「きみの望みはいったいなんだ？　ぼくに懇願させたいのか？　いいさ、なんだってしよう。どうかぼくと結婚して、きみと赤ん坊の面倒を見させてください。ぼくに――」

「やめて」ヘイリーのかすれた声が響いた。

マーカスが悪態をつく。辛辣《しんらつ》で生々しい言葉がこぼれたかと思うと沈黙した。

ヘイリーは彼を見つめた。「もしわたしが妊娠していなかったとしても、あなたは結婚を申しこんだかしら？」

「でも、実際は子供がいるんだからそんな質問は無意味だ」

「いいから考えて。もし子供がいなかったら、今ごろあなたはわたしに結婚を申しこんでいる？」

マーカスの顎の筋肉が動いた。「ああ、申しこんでいると思うよ。きみを愛しているんだ」

ひどい嘘にヘイリーは吹きだしそうになった。つられて胃の緊張もわずかに和らぎ、気分もよくなってきた。マーカスにも、そしてわたし自身のかなわぬ夢にも屈するものですか。最後には彼にとってわたしがただひとりの女性であると気づいて、いつの日か彼がわたしのところへ戻ってくるはずだという夢に。

しかしマーカスは、わたしのところには戻ってこなかった。これからも戻ってこないだろう。

「マーカス、やめて。どうせ嘘なんでしょう」

「嘘じゃない」

「お願いよ。話にならないわ」

「信じてくれ。ぼくはきみに会うために、ゆうべここにやってきたじゃないか。そのときは赤ん坊のことなんてなにも知らなかった」

なるほど。彼の言うことにも一理あるわね。でも決勝点には程遠い。

ヘイリーはマーカスに食ってかかった。「あなたはわたしなしでは生きていけないと気づいて、サクラメントへ来たと言うの？」

「そうだ」

「〝もう一度チャンスをください。最後にはぼくの花嫁になって、ぼくを世界一幸せな花婿にしてください。ぼくの夢をすべてかなえてください〟と、お願いしに来たというわけ？」

マーカスがヘイリーをじっと見つめた。愉快そうには見えなかった。「いいかげんにしろよ、ヘイリー。ぼくは今、きみと結婚したいと言っているんだ。もし妊娠していなかったらどうだったかなんてことが、なんで問題になるんだ？」

「本当にわからないの？」

「なんだって？」

「なぜそれが問題なのか、本当に知りたい？」

「ああ」

「わかったわ。今までの人生で、わたしには姉と兄以外、自分のものだと思える人が誰もいなかったの。いつも他人のお古を着て他人の家に住んで、誰のものでもないおまけの子供だった。帰る家のない子供だった」

「だからぼくはきみに――」

「待って。まだ話は途中よ。わたしが言いたいのは、わたしの成長過程には選択の余地がなかったということ。でも、今はそれがあるの。結婚すればとうとう誰かのものになれるのよ。頭のてっぺんから爪先まで、愛に包まれるわ。しかも正式にね。そしてわたしの結婚相手もわたしのものになる」

「ぼくは誠意を持ってきみのものになるよ。けっして裏切ったりしない」

「そうね、裏切ったりはしないでしょうね。あなたは人を欺くような人じゃないもの。欺いているのは唯一、自分自身の心だけ」

「そんなことはない」

「いいえ。あなたもわかっているはずよ。あなたはけっしてわたしのものにはならないわ、マーカス。あなたはエイドリアーナのものなのよ。ずっとそうだったし、これからも変わらないいんだわ」

4

青いソファに座っているヘイリーを、マーカスはじっと見つめた。彼女の頬も今はわずかながら赤みを帯びていた。ぼくを夫と認めようとしない無意味な理由の数々を並べたてることで、ビロードのような肌が紅潮してきたのだ。

きれいだ。ヘイリーのピンク色の頬に思わず――。

だめだ。自分がどうしたいのか、マーカスにはわからなかった。暴れだしたいのか、大声で叫びたいのか。それとも、このばかげた抵抗をやめて目を覚ますよう言いたいのか。彼女のしていることにはなんの意味もないのだから、頭を整理して大事なことに目を向けるべきだと諭したいのか。

エイドリアーナはもうなんの関係もない。彼女はぼくのもとから去り、離婚したのだから。すでに終わったことだ。永遠に。

ヘイリーはぼくを愛し、ぼくを必要とした。そしてようやく、ぼくも彼女の望みにこたえる気になったのだ。

理路整然とマーカスは話しはじめた。「ぼくは今日ここにいて、きみの願いをかなえるつもりでいる。かつてきみは、ぼくが結婚しようとしないからと言って、ぼくのもとを去っていったね。それが今、ぼくはきみと結婚したいと思っている。まさしくきみがずっと求めていたことだ。なのにどうして今になってそんなに難色を示すのかわからないよ。きみがしていることは理性的じゃない。きみの長所は、問題から一歩さがって論理的に状況を判断することができるところだろう？　今こそ、そうすべきときじゃないか」

「マーカス」

マーカスはそんなふうに名前を呼ばれるのが嫌いだった。辛抱強く、あまり頭のよくない大きな子供に言って聞かせるかのように呼ばれるのが。その呼び方がひどく気に障った。ヘイリーはぼくをいらだたせる。だが、そうさせているのは自分自身だった。ぼくはスタンフォード大学を首席で卒業し、年商十億ドルの会社をほとんどゼロから立ちあげた。人と接し、うまく交渉しながら自分の望むものを手に入れる方法ぐらいわかっている。

ところが、相手がヘイリーとなると――彼女がマーカスを好きになり結婚を求めてきてからというもの、なぜかどう対処していいのかまったくわからなくなってしまった。最初は、ぼくが結婚しようとしないせいでヘイリーは去った。なのにぼくが結婚しようと言うと、今度はそれをはねつけようとする。

ヘイリーが話しはじめた。彼になんとかわかってもらおうと、忍耐強く、穏やかに。

「いいえ。あなたはわたしと結婚したいなんて思っていないわ。確かに、子供の面倒は見たいと思っているんでしょう。その子供の母親の面倒も。それには結婚するのがいちばんいい方法だと考えたのね。あなたのそんなところはすばらしいと思っているわ。本当よ。あなたは立派な人で、わたしはあなたの子供を身ごもったことを誇りに思う。だけどこの結婚は、そうするのが正しいからするんでしょう？　それは、わたしが望む結婚とはかけ離れたものなの。わたしたちの子供が両親に望む結婚でもないと思うわ。この子にふさわしいのは愛情に満ちた家庭であり、幸せな家庭なの。義務感から結婚したあなたが後悔したら、この子はどう思うかしら？」

「ちょっと待ってくれ」ヘイリーが話をやめて耳を傾けるまで、マーカスはしばし待った。彼女が黙ったのを見届けてから、彼はゆっくりと、そしてはっきりと言った。「ぼくがどういう人間か、勝手に決めつけないでくれ。お願いだ。ぼくは後悔なんてしない。これっぽっちもだ。今までぼくを見てきて、充分わかっているだろう？　ぼくが義務感からなにかをするなんてことは絶対にないということを。ぼくは自分がしたくないと思うことは絶対にしない」

ヘイリーが頭を振った。「もうけっこうよ。勝手にそう思っていてちょうだい。あなたはわたしと結婚したいのね。その義務を感じているから」

マーカスは立ちあがった。「ヘイリー」

彼女があどけない表情でマーカスを見た。「なに?」

「もう行くよ」頭がどうにかなる前に。

「マーカス」

ドアのそばのクローゼットから、マーカスは自分のトレンチコートをとった。「このことは……明日、結論を出そう」気をとり直して、今までとは違う新たな方法でこの問題を考えるのだ。じつはまだどんな方法をとったらいいのか、さっぱりわからないのだが。しかし、なにかしら思いつくだろう。ヘイリーにきちんと理解してもらい、道理をわきまえさせる方法を。

「結論を出すことなんてなにもないわ」彼女は明るくこたえた。「とりあえず、結婚に関してはね。ところで、どこに泊まっているの?」

マーカスはホテルの名前を言って、別れを告げた。「じゃあ、明日また来る」

立ちあがったヘイリーは、まるで祈るように両手を合わせていた。見ようによっては穏やかともとれる表情で、変化に富んだ瞳の色は、今は海のように青かった。マーカスはふたりのあいだの距離を縮めてヘイリーを抱きしめ、恋しくてたまらなかった唇に触れたかった。

だが今はそのときではない。キスはまだ先だ。ぼくの言っていることのほうが正しいと彼女が理解してから。結婚を承諾させ、一緒に家に戻ることになってからだ。ヘイリーの面倒を見ることができる家に。彼女と、そしてぼくたちの赤ん坊のものである家に。

ホテルのスイートルームで、マーカスは留守番電話に残されたメッセージをチェックした。どれも厄介なことになる可能性を秘めた内容ばかりだった。マーカスは部下に次々と電話をかけた。互いに意見を出し合い、一大事になる前に問題を解消するための措置を考えた。最後の電話を切るころには、ヘイリーとの問題を解決してマーカスが仕事に戻るまで部下たちができる限りのことをしてくれるに違いないと確信していた。シアトルは大丈夫だろうとマーカスは安心した。

次にCNNのニュース番組を見ながらEメールの返事を書き、同時に二、三のインスタントメッセージでのやりとりも行った。さらに二件ほど電話があり、それらの作業をしながら質問にも答えた。とうとう電話も鳴りやみ、返事も書き終えると、汗を流そうとトレーニング用の服に着替えて宿泊客用のジムへ向かった。

赤ん坊のことを知った昨夜をのぞいて、マーカスは酒にもドラッグにも手を出したことはなかった。父親が暴力的で絶望的な酔っ払いだったため、なにをおいても絶対に、父と同じ道だけはたどるまいと心に決めていたのだ。だがストレスの多い生活には、リラックスできて鬱憤《うっぷん》を晴らせるなにかが必要だった。それが体を動かすことだった。

一時間半後、汗びっしょりになって、全身の筋肉が限界に達し手も足もふらふらになってくると、マーカスはスイートルームに戻ってシャワーを浴びた。ベッドに入ったのは一時過ぎだった。そのときにはすでにヘイリーに対する次の手を決め、自信をとり戻していた。

明日になれば、彼女はぼくと同じように考え、ぼくの妻になることを承諾するはずだ。できるだけ早く、ネバダで結婚式を挙げよう。それから一緒にシアトルへ戻り、出産までのんびりと過ごそう。そして豊かで充実した暮らしを送るのだ。

これまでは、自分は絶対に父親になるまいと考えていた。ところが子供ができた今、父親となることをちっともいやだと思っていない自分にマーカスは気づいていた。

翌朝七時、ヘイリーがリビングルームの窓のブラインドを開けると、バルコニーに飾ってある小さなクリスマス・ツリーの隣にマーカスが座っていた。ただ反抗したいだけの理由で、彼をそのままそこに座らせておこうかという誘惑に駆られた。

だが、外は寒い。窓のこちら側からでさえ、背を向けて中庭を見ているマーカスの息が白く立ちのぼるのが見えた。

赤ちゃんの父親をアパートメントの敷地内で凍死させるわけにはいかないわね。

ヘイリーは玄関のドアを開けに行った。音に気づいたマーカスが振り返り、彼女を見た。彼の用心深いグリーンの瞳と目が合っただけで震えるような喜びが全身を駆け抜けることに、また気づかないふりをしなければならなかった。

「起きないのかと思ったよ」

彼女はローブの前を合わせ、少しも喜んでなどいないことを示すような口調で返した。

「どうやってセキュリティをくぐり抜けてここまで来たのか、教えてほしいものね」

立ちあがったマーカスが魅力的な唇に苦笑いを浮かべた。「ぼくがこうすると決めたら、誰にも邪魔はできないんだ」その瞳は、鍵《かぎ》のかかった門扉のことだけを言っているのではないことを物語っていた。ヘイリーはまた身震いしてしまった。きっと寒さのせいね。

「コーヒーをもらえるかい?」

それを聞いたヘイリーは、からかわずにはいられなかった。「ほんの二ブロック先に〈スターバックス〉が――」

「おもしろいじゃないか」そう切り返してマーカスは再び頼んだ。「コーヒーをくれ。ぼくはコーヒーが飲みたいんだ」もはや頼みというより要求だった。

「わかったわ」

彼はヘイリーのあとから家のなかに入り、コートをクローゼットにかけた。そして彼女が豆を挽《ひ》いてコーヒーを用意していると、テーブルに着いて携帯情報端末《PDA》をとりだした。マーカスが猛烈なスピードで小さなキーを打っているあいだに、ヘイリーはハーブティーを淹《い》れるための湯をわかした。

「オートミールを食べていたんだけど、あなたも食べる?」

手にしていたPDAからマーカスが顔をあげた。「いいね。ありがとう」オートミールの準備をヘイリーがしていると、やがてマーカスはPDAの操作を終了し、それを片づけた。「なにか手伝おうか?」

「ありがとう。ボウルがそこに入っているの」ヘイリーが食器棚を示した。「マグカップもそこよ」また指さす。「スプーンはここね」そう言って引き出しを開けた。

マーカスは手を洗って、テーブルのセッティングをはじめた。なんだか……いい感じじゃない? ヘイリーは思った。小さなアパートメントで、素朴な朝食を一緒に食べるなんて平和的だわ。

でも、考えを変えたわけではない。まったくなにも変えていないわ。すぐにでもまたマーカスが圧力をかけてくるのは間違いないでしょうけれど。

その予想は的中した。

オートミールを食べるためにテーブルに着き、ブラウンシュガーの容器をとろうと手を伸ばしたら、そのうしろに指輪があったのだ。すばらしいとしか言いようのない指輪が。中央の大きなダイヤモンドが、早朝の光を受けてきらめいていた。

豪華だった。メインの石は四カラットか、ひょっとすると五カラットはあるかもしれない。両端をとがらせ、ほぼ楕円《だえん》に近いその形はマーキーズカットと呼ばれるものではないだろうか。その両脇《わき》に、丸いダイヤモンドが対になってぴったりと寄り添っている。はめこみ台はもちろんプラチナだ。

その指輪は……すべてを超えていた。ヘイリーが選んだであろう指輪や、厚かましくも想像していたさまざまな指輪を。かつて、そういった贅沢《ぜいたく》が許されたころ夢に思い描いていた婚約指輪のすべてを。

目の前の指輪は華やかで完璧《かんぺき》で、おそらくヘイリーの年収以上の値段がついていただろう。彼女は今すぐそれを手にとって、自分の指にはめてみたくてたまらなかった。そして二度とはずしたくなかった。たとえ妊娠しているせいで指がむくんでいても、わたしの指にぴったりはまるに決まっている。

マーカスがヘイリーを見つめた。「本当はゆうべ、渡すつもりだったんだ。でも、きみに断られるばかりで、機会がなかったから」

「信じられないくらい美しいわ」

「気に入ってもらえてうれしいよ」

「だけど、受けとるわけにはいかない。わかるでしょう」

彼がコーヒーをすすった。「ラスベガスに行ったらどうかと思うんだ。今日の午後には結婚できる」

心の底から残念に思いながら、ヘイリーは静かに繰り返した。「あなたとは結婚しない。

何度も言っているじゃない」

なにも言わずにマーカスがじっとヘイリーを見つめた。そこにはなんの感情もこめられていなかった。宙を舞う羽根が床に落ちる音まで聞こえてきそうだった。

ついに彼はマグカップを置くと、ビロードの箱をとりだして指輪をしまった。ぱちんと音をたてて蓋《ふた》を閉め、そっとポケットに入れた。「ブラウンシュガーはもういいのかい?」

ヘイリーはスプーンで少しすくって自分のオートミールにかけてから、マーカスにブラウンシュガーの容器を渡した。ふたりとも同じようにミルクも入れた。

マーカスがオートミールを食べた。「うまい」

うなずきながらヘイリーは、あの指輪をどれほど気に入ったかをもっときちんと伝えたいと思った。マーカスの努力には心から感謝していた。あるいは、彼の親切な年配の秘書の努力と言ったほうが可能性は高そうだが。なんとか予定を空けて一日でここに戻ってきたマーカスに、指輪を選ぶ時間などあったはずがないのだから。だが誰の選んだ指輪であろうと、そんなことは関係なかった。とにかく、ヘイリーは感動した。そのことを知らせたかった。

しかしそれを言っても、彼の自信を増長させるだけだ。結婚の承諾に一歩近づいた、と。ところが、ふたりのあいだにウエディングベルは鳴らないのだ。そのことにマーカスも早く気づいたほうがいい。

マーカスが尋ねた。「仕事は何時からなんだい？」

「九時よ」

「それから夕方の六時まで？」

「いいえ。今夜はパーティの予定が入っていないから、なにかとんでもないことでも起きない限り、二時か三時には終わるわ」指輪について自分の気持ちを正直に言わなかったことで、ヘイリーはうしろめたい気分になった。「今は後任者に仕事の引き継ぎをしているところなの。じつはわたしの仕事は来週の金曜日が最後だから」

マーカスの表情は変わらなかった。「ぼくが車で送っていくよ」

「仕事場まで？」

「ああ」

「だけどそれじゃ——」

「頼むから送らせてくれ。また仕事が終わるころに迎えに行くから」

「でも、わたし……」断ろうとするヘイリーの言葉は小さくなり、やがて消えた。変わることのないマーカスの表情を見れば、引きさがる気がないことは明らかだった。一戦交えずにはすまないだろう。ましてや、自分が受けとれない美しい指輪を見たあとでマーカスにつらくあたり続けることなど、ヘイリーにはできなかった。「わかった。あなたに送ってもらうことにするわ。ありがとう」

〈アラウンド・ザ・コーナー・ケータリング〉は建てられてまだそれほどたっていない様子の、小さなショッピングモールのなかにあった。煉瓦《れんが》造りの外観にたくさんの窓、建物の前にはきちんと手入れされた花壇があった。

悪くないな、とマーカスは思った。ここは高額所得者向けの商業地域だ。少なくとも、町の騒々しい場所で働いているわけではないらしい。

ヘイリーは車を裏手にまわすようマーカスに頼み、〝アラウンド・ザ・コーナー〟と読みとれるプレートがついたスチール製のドアを示した。「ここよ」

ドアの前の空きスペースに彼がゆっくりと車を進めた。

ヘイリーが心配そうな目でマーカスを見た。「何時に終わるか、はっきりとはわからないの」

「帰りの支度ができたら電話してくれ。番号はわかるね？」

「ええ。わかったわ」車から降りたヘイリーは建物に向かって歩きだした。マーカスは彼女がドアの向こうに消えるのを待ってから、車をバックさせて走りだした。

今朝は失敗だった。指輪にはなんの効果もなかった。もしヘイリーが一緒に来ることを承諾してからシアトルに戻るなら、もう一日こっちに滞在しなくてはならない。

まいったな。指輪を見せれば絶対にうまくいくと思っていたんだが。大きなダイヤモンドを見たら、女性なら誰でも舞いあがってしまうものなのに。

だが、ヘイリーは違ったのだ。少なくとも、ばかげた意地を張るのをやめて、彼に世話を焼かれる気になるほどは舞いあがらなかったということだ。

もしかすると、ぼくのプロポーズにはロマンティックな部分が欠けていたのかもしれない。この手のことはもともとあまり得意ではなかった。エイドリアーナはいつもそれで文句を言っていたものだ。たとえ頭に浮かんでいても、ロマンティックに表す方法を知らなければしかたがない、と言って。

その方面については確かに限界を認める。ただそれは、ヘイリーもわかってくれていると思っていた。ふたりがうまくいっていたころ、ありのままのぼくを愛していると言っていたから。

〝あなたって、ちっともロマンティックじゃないのね〟以前、ヘイリーがそう言ったことがある。ベッドで、すばらしいひとときを過ごしたあとのことだ。〝だけどあなたはものすごくセクシーだわ。どうか変わらずにいて……〟

マーカスも変わるつもりなどなかった。それでもブラウンシュガーのうしろに隠したのは、ちょっと気の利いたやり方だと思っていた。そして、指輪を見つけたときのヘイリーの表情といったら……。

いくら金を出しても見られない、貴重なものだった。

おそらくぼくはひざまずくべきだったのだろう。ヘイリーが指輪を見つけ、ぼくにとってどんなに彼女が大切で、そばに彼女がいなければ一瞬たりとも生きてはいけないということが伝わり、なにか優しくて詩的なものが彼女の心に生まれた瞬間に。

もし前もってきちんと計画を立てていたなら、インターネットですばらしいプロポーズの言葉を探しておいて、その瞬間にすらすらと言えるように準備できたのに。ぼくがひざまずき愛の言葉を口にするのを見れば、ヘイリーは衝撃を受けたに違いない。それは思わず結婚を承諾してしまうくらいだったのだろうか?

今となってはわからないことだ。そのチャンスはもうなくなってしまった。

マーカスはいったんホテルへ戻り、数時間かけてマネージャーたちと電話でさまざまな問題について話し合い、二十四時間以内に対処するよう申し渡した。

正午の時点で、すべてが軌道にのったと思った。少なくとも、再び自分が直接指揮をとれるまでの処置としては万全だ。ヘイリーを迎えに行くまで、まだ二、三時間ある。

この時間のいちばん有効な使い道がわかった。ヘイリーの兄に会いに行くのだ。

マーカスは協力者が欲しかった。ヘイリーの件で力を貸してくれる人物が。姉のケリーに近づいて味方になってもらうことも考えたが、月曜日の夜のケリーとヘイリーの様子から察するに、姉の応援はあまり期待できそうになかった。ヘイリーがどんな選択をしようと、ケリーは妹の味方をするだろう。

それがたとえ間違った選択だったとしても、ケリーはヘイリーから助言を求められない限り、あえてなにも言わない気がした。

一方、兄ならそこへ踏みこんで、妹に言い聞かせるだろう。正しい行いをするよう、ヘイリーを促してくれるかもしれない。たとえ、自分には関係のないところに首を突っこまざるを得ないような状況になったとしても。

いったんシアトルへと戻った火曜日に、マーカスは会議の合間をぬって例の私立探偵にもう一度連絡をとった。数カ月前に、ヘイリーの居場所を捜すために雇った探偵だ。今回の調査では詳細な報告を求めた。

数時間後、探偵からケリー・ブラボーとタナー・ブラボーに関する基本情報が届いた。住所、電話番号、勤務先、結婚歴などだ。

ふたりとも独身だった。ケリーはファミリー・シェルターの所長、タナーは〈ダークホース探偵事務所〉という名前の探偵事務所を経営していた。

マーカスは、ランチョコルドバにあるタナーの事務所へ行ってみた。だが、無駄足だった。目立たない二階建ての建物にある事務所の入口には鍵がかかっていた。ノックしてみたが返事もなかった。

直接交渉の利点はこれで消えた。マーカスは探偵に調べさせたタナーの電話番号に電話をかけ、自分の名前とＰＤＡの電話番号をメッセージに残した。すると、数分もしないうちにタナーから電話がかかってきた。

電話口でマーカスは言った。「ぼくはヘイリーの赤ん坊の父親です。あなたに会いたいと思っています。できれば、今から」

タナー・ブラボーの質問はひとつだけだった。当然の質問だ。「どこで?」

「宿泊先のホテルで」マーカスはホテルの名前と住所を告げた。「ロビーのはずれにあるバーで待っています」

「三十分待ってもらえるかい?」

「もちろん」

秘書あてにメールを書きながら、マーカスがバーでソーダ水をちびちび飲んでいると、タナーが現れた。黒髪に黒い瞳のタナーは、妹たちとはあまり似ていなかった。

「きみがマーカス・リードか」タナーが言った。「妹の前の上司の」それは質問ではなかった。彼は握手すら求めてこなかった。

マーカスは飲み物のグラスを持った。「テーブル席へ行こう」

ふたりは隅の暗い席に場所を移動した。ウエイトレスが近づいてきた。

タナーがテーブルに十ドル札を置いた。「ミネラルウォーターを氷入りで」

ウエイトレスは足早に去っていき、一分もしないうちに戻ってきた。

「ありがとう、オーダーは以上だ」マーカスが言うと、彼女は立ち去った。

タナーはグラスを見ていたが、手にとろうとはしなかった。やがて不機嫌そうな顔をマーカスに向けた。「サクラメントへようこそ」

「ありがとう。ぼくはあなたの妹と結婚するためにここへ来たんだ」

タナーは一瞬考えたのちにうなずいた。「そうか。それはよかった」

「七カ月前に別れたとき、ヘイリーはぼくに赤ん坊のことを言ってくれなかった。もし知っていたら、今ごろはもう結婚していたのに」

「それで、なぜぼくに会いたかったんだい?」

「ぼくは……彼女の家族と親しくなりたいんだ」

タナーは黙って座っていた。マーカスが本題に入るのを待っているのだ。

こうなったらやってみるしかない。マーカスは話しはじめた。「ヘイリーはぼくを愛していると言ってくれている。なのに、いくら結婚を申しこんでも彼女が承諾してくれない」

「どうして?」

エイドリアーナのせいで自分は愛されていないと思いこんでいるからだ。そのことをマーカスは話したくなかった。そこで部分的に話すことにした。「ヘイリーは、無理に結婚したことをぼくが後悔するに違いないと考えている」

「後悔するのか?」

「とんでもない。これは最善策なんだ。ぼくは彼女の面倒を見られるし、そうしたいと思っている」

「それできみは、ぼくの力を借りてヘイリーにイエスと言わせたいんだな」

「そのとおり」

タナーはじっくり考えているように見えた。身動きひとつせず、長いあいだ黙っていたが、ついに口を開いた。「ぼくは口出ししたくないな。つまり、きみは確かにいい人のようだが、ヘイリーは……あの明るい笑顔でかわいらしく見えるだけで、本当は鋼鉄のように強いんだ。生いたちのせいで、前に進むためには強くならざるを得なかったんだろうな。だから彼女におせっかいを焼くのは名案とは思えない。わかるかい?」

「ぼくはおせっかいを焼いてくれと頼んでいるわけじゃない」

初めてタナーが笑った。笑ったほうがヘイリーに似ていた。「おっと。今のはちょっと怖かったな」そして突然彼は真剣な顔に戻った。「ヘイリーはぼくを信頼してくれている。でも、ケリーほどには心を開いていないんだ。ぼくとケリーは一緒に成長してきたからね」タナーはマーカスを値踏みするようにじっと見つめた。「ヘイリーから母親のことをなにか聞いているかい?」

「病気がちで仕事を続けられなくて彼女は児童養護施設にあずけられていたことと、兄や姉がいるなんてひと言も言ってくれなかったことは聞いたが」

「そうか」タナーはグラスを手にとると、いっきに飲み干した。「母はぼくに対しても同じことをしたんだ。だが、ぼくには小さな妹の記憶がかすかにあった」彼がグラスを置いた。「ケリーとぼくは四歳違いで、ケリーが生まれてすぐにぼくたちは児童養護施設に入れられたんだ。ヘイリーが生まれたのはそのあとだ。母の臨終の場に現れるまで、ぼくはヘイリーの存在を知らなかった。ケリーのことはぼくが二十一歳になったときに母から聞いたんだ。だからぼくは、当時十七歳だったケリーと一緒に暮らせるよう裁判所に申したてた。それ以来、ケリーとぼくは親しくなって……」タナーの声が小さくなった。マーカスは、ケリーの子供のことを不思議に思った。あの小さなバレリーナの父親は誰なんだ？　タナーは知っているのだろうか？

マーカスはその疑問を口にせず、話を元に戻した。「ぼくならちゃんとヘイリーの面倒を見られる。もちろん赤ん坊の面倒だって。それに彼女はぼくを愛しているんだ。ぼくと一緒にいたいと思っている。ぼくもヘイリーと一緒にいたいと思っているのに、彼女はそれを信じようとしない」マーカスはテーブルの上に名刺を滑らせた。「あなたは私立探偵だ。ぼくのことを調べてみてくれ」

タナーが名刺を手にとった。「そうさせてもらうよ」

「それでもしその結果に満足したら、いざというときは、口添えをしてほしい」

「約束はできないが」

「できる範囲でいい」

「この町にはいつまでいるんだ？」

「必要なだけ」

「週末にラスベガスで開かれるパーティのことは、ヘイリーから聞いたかい？」

マーカスは顔をしかめた。「パーティ？」

タナーがにやりと笑う。「どうやら、聞いていないようだな」

マーカスは口を閉じた。沈黙が答えだった。

タナーが説明してくれた。「ぼくたちの異母きょうだいが、ラスベガスで〈インプレサリオ〉と〈ハイシエラ〉というリゾートカジノを経営しているんだ。ものすごい週末になるぞ。なにせブラボー一族が世界じゅうから集まるんだから。クリスマスの家族同窓会ってところかな」

ラスベガスというのが興味深かった。急いで結婚式を挙げるにはもってこいの場所だ。しかし、マーカスの予定では週末にはシアトルへ戻るつもりだった。もちろん花嫁を連れて。

マーカスは言った。「そんなパーティがあるなんて、ヘイリーはひと言も言わなかった」

タナーが再び値踏みするようにマーカスを眺めた。そして言った。「こうしよう。ぼくがきみを招待する」


〈アラウンド・ザ・コーナー・ケータリング〉では、シェフのフェデリコが昔からの悪い癖を発揮してスペイン語で悪態をつきながら、キッチンで鍋《なべ》を投げ散らかしていた。

オーナーのソフィアは両手で耳をふさぎ、開け放したままのドアからキッチンに向かって叫んだ。「静かにしてくれない？　考えごとができないわ」

フェデリコはさらに大声で悪態をつき、鍋をほうってがしゃがしゃと音をたてた。そのとき電話が鳴った。

ヘイリーはソフィアに小さく手を振り、裏口へ向かった。叫び声の聞こえない屋外でマーカスを待ったほうがいいだろう。大きくドアを開けると、そこにはすでに彼が来ていた。ドアから三メートルと離れていない場所で、車のそばに立っていた。

ヘイリーの背後ではソフィアが叫び、さらに鍋が転がる音がしていた。ドアが永遠に閉まらないような気がして、彼女はドアにもたれかかってそれが音をたてて閉まるまで押した。

そしてとっておきの明るい笑みを浮かべ、顔をしかめているマーカスに近づいていった。

「早かったのね」

ぐるりと車をまわったマーカスがヘイリーのために助手席のドアを開けた。ヘイリーは、彼が運転席にまわりこむあいだにシートベルトを装着した。

マーカスが車のキーを差しこむ。「あの叫び声はなんだったんだ?」

ヘイリーは彼が見下すように言うのもしかたがないと思った。「シェフは……怒りっぽいんだけど、憎めない人よ。叫び声だなんて大げさね」

「ぼくには叫んでいるように聞こえたが」エンジンをかけながら、マーカスがぶつぶつ言った。「どこへ行く?」

「まっすぐ家に帰ってちょうだい」ヘイリーはラジオをつけて、ソフトロックの放送局に合わせた。これでしばらくは彼が黙っていてくれることを願いながら。マーカスが彼女の仕事に対して絶えず言い続ける不満から、少しのあいだだけでも逃れたかった。なぜなら彼の不満は、結婚の申しこみへと続いているからだ。ヘイリーの作戦は成功した。車内には音楽が流れ、マーカスは目の前の道路を見つめながら黙って運転していた。

やがてアパートメントに着いた。ヘイリーは礼を言いながら、今日はこのまま解放してもらえるかもしれないと思った。

だが、そうはいかなかった。玄関に着いた彼女のすぐうしろにマーカスがいた。

ヘイリーはマーカスのほうを向いた。「ねえ、これから車をとりに行って子供部屋に必要なものを買いに行くの。あなたは行きたくも――」

「なんで早く言わないいんだ。さあ、行こう」

ご親切ですこと。ショッピングモールまでの足を買ってでるなんて。だけどどっちにしても、今日の午後、このサクラメントで彼がすることなんてそれ以外にあるのかしら？

「電話とかなにか、しなくちゃいけないことがあるんじゃないの？」

「もうすませたよ」

問題は、結婚しろと容赦なくマーカスが迫ってくることなのだ。心はイエスと叫んでいるのにノーと言い続けるのは、本当につらかった。ヘイリーは下唇を噛《か》んだ。

「わかったわ。一緒に行きましょう」

「もちろんだ」

ヘイリーは人差し指を立てた。「ただし、ひとつ条件があるの」

「条件？」

「聞いてくれる？」

「聞かなくてもいいのか？」

口を閉じたヘイリーは彼がきちんと答えるのを待った。

ついにマーカスが不満そうに言った。「わかったよ。言ってくれ」

「今日一日、結婚とわたしの仕事に関する話はしないこと」

彼はいやな顔をした。「なんだって？」

「大丈夫。そんなに難しいことじゃないわ。ただそっとしておいてほしいの。お願い。意外にあなたも楽しく過ごせるかもしれないわよ」

マーカスが鼻で笑う。「ぼくは楽しく過ごしたくてここにいるんじゃない」

「ねえ、マーカス。流れに任せてみない？　あっと驚くことになるかもしれないわ」

「驚きたくもないね」

「そう。じゃあ、好きにしてちょうだい。驚くのも楽しむのもやめるといいのよ。ふだんどおり、神経を張りつめて偉そうにしていればいいんだわ。でも、結婚とわたしの仕事の話だけはしないで。それが約束よ。さあ、どうするか決めて」

「だが、きみがすべきことは――」

いらだたしげにヘイリーはさえぎった。「ちょっと待って。言ったでしょう？　結婚の話はしないで、わたしの仕事に文句は言わないでって。それからもうひとつ追加よ。わたしにあれこれ命令しないで。わかった？」

「でも、もしきみが――」

今度は彼女がにらんだだけでマーカスは黙った。ちょっとした進歩だわ。そう思いながら、ヘイリーはもう一度尋ねた。「わかった？」

マーカスの男らしい顎の断固とした様子からすると、彼がヘイリーの条件に納得していないのは明らかだった。それでももやもやとした数秒間ののち、マーカスは彼女の望みどおりの返事を返した。

「わかったよ」

最後に驚くことになったのはヘイリーのほうだった。マーカスが約束を守り抜いたのだ。ショッピングモールでの彼はじつに明るく振る舞い、我慢強かった。おむつ交換用のテーブルを選ぶのも手伝ってくれた。さらにヘイリーは、風呂あがり用のおくるみやロンパースなどの子供服も買った。マーカスはすべての支払いをしてくれただけでなく、荷物を持つと言って聞かなかった。そのうえクリスマスプレゼントまで彼女が買ったので、午後が終わるころにはまさしく大荷物になっていた。

ふたりが少しだけもめたのは、ディディにあげるバレリーナの格好をしたバービー人形とケリーにぴったりのセーターの支払いを、どちらがするかという場面でだった。結局、マーカスがそこまで払うのはあきらめ、クリスマスプレゼント代はヘイリーが出すことになった。彼は気を配って、彼女が疲れないようにたびたび休憩をとるよう促した。ふたりでショッピングモールのベンチに座り、有線放送から流れるクリスマスソングに包まれながら、ありふれた話をした。

二度ほど、マーカスのＰＤＡに着信があった。彼はＰＤＡをとりだして画面を確認したが、電話をかけ直したり、メールを書いたりすることはなかった。ただ肩をすくめ、ＰＤＡを元に戻した。

そしてヘイリーの仕事と、結婚の話題に触れることはただの一度もなかった。

マーカスは……優しかった。

それはマーカスが、ヘイリーが、聞き慣れない言葉だった。マーカスといえば、刺激的で集中力があって、セクシーで激しい男性だ。


だけど、優しいとは？

そうは言えないのではないかしら？ 少なくとも、今日までは言えなかった。このどんよりと曇った十二月の楽しい一日までは。

マーカスがアイスクリームを買ってくれた。ワッフルコーンに入ったミントアイスだ。ショッピングモールの中央にある噴水のそばに座って、ヘイリーはその味を堪能《たんのう》した。

「おいしいわ」ワッフルコーンの先端から溶けだした甘くて冷たいアイスクリームをすすりながら、ヘイリーはうれしそうに言った。

「顎についているよ」そう言ってマーカスが彼女の顎をナプキンで軽く叩《たた》いてくれる。ヘイリーもされるがままになっていた。

「疲れたかい？」ふたりで立ちあがり、ナプキンをごみ箱に捨ててから彼が尋ねた。

ヘイリーはくたくただった。「ええ。そろそろ帰りましょう」

アパートメントに戻ると、マーカスはすべての荷物を持ってヘイリーのあとからなかに入った。彼女はマーカスを子供部屋へと案内した。

「とりあえず全部ここに置いておいて。あとで整理するわ」

山ほどの荷物を床に置いてマーカスが体を起こした。「虹《にじ》か」彼はこちらに背を向けていたが、ほほえんでいるのがヘイリーにはわかった。ドアの反対側の壁に描《か》かれた壁画に感心している様子が、声に表れていた。

管理人から壁画を描く許可を得るには、ここを引き払うときに部屋を塗り直すか、あるいは敷金のかなりの額が返金されなくてもかまわない、と記された書類にサインしなければならなかった。「自分で描いたのよ」壁と床の境目を縁どる、草とテディベアも一緒に。

マーカスが振り返り、ドア枠に体をあずけているヘイリーを見た。「疲れているようだね」

「ええ、少しね。ここ数週間はこんな感じなの。突然、頭をあげていられなくなるのよ。一時間ほど寝れば大丈夫なんだけど……」

マーカスがヘイリーの体に腕をまわしてくる。寄りかかると気持ちがよかった。

ヘイリーは、ベッドルームまで彼に連れていってもらった。ベッドに座りこむと、マーカスが靴を脱がせてくれた。安堵《あんど》で胸を撫《な》でおろしながら枕《まくら》に頭を沈め、ビーチボールを詰めこんだかのようなおなかをした体にはいちばん楽な、横向きの姿勢になった。別の枕を膝のあいだにはさんでいるヘイリーを見て、マーカスが当惑したように首をかしげた。

「こうすると血流が増すの」ヘイリーは説明した。「それに腎臓《じんぞう》の機能も高めてくれるわ。

体にいいのよ、本当に」

マーカスはベッドの足元にたたんであった毛布を引きあげ、ヘイリーの体にかけた。

「楽しかったわ」彼に毛布でくるまれながら、ヘイリーは言った。

マーカスがそっと彼女の頬を撫でた。「ぼくもだ」それは本心のように聞こえた。

ヘイリーは考えずにいられなかった。ああ、せめて……。

そう、せめて……。

「休むんだ」マーカスが身をかがめてささやいた。ヘイリーは彼のグリーンの瞳を見つめながら、マーカスがキスをしようとしていることに気づいた。ぼんやりとした頭では、やめてと言わなければいけないこともわかっていた。

だが、ヘイリーは言わなかった。キスをしてほしかったから。

どちらにしても拒むには遅すぎた。ゆっくりと、優しく、マーカスの魅力的な唇が重ねられた。

5

長いキスではなかった。

しかし今までにしたキスのなかで、いちばん甘いキスだった。優しく、唇をかすめるような……もう、これだけで充分だった。

なにも求めないキスなのに、ふたりがうまくいっていたころの思い出をよみがえらせた。せわしなく心が浮きたつような日々と、うっとりするほどセクシーな夜の思い出を。

マーカスが唇を離したとき、ヘイリーは彼を抱きしめるために手を伸ばそうとしたところだった。だが、なんとか思いとどまった。

「こんなこと、だめよ」優しくたしなめるように彼女は言った。マーカスにというより、自分自身に言い聞かせるように。

「しいっ。キスだけだよ」

まぶたは今にも閉じてしまいそうだった。ヘイリーはいっそう深く毛布に潜りこんで、目を閉じた。とたんに暗闇《くらやみ》に包まれた。

マーカスは静かにベッドルームを出ると、うしろ手にドアを閉めた。

廊下を歩くうちに、ふと子供部屋に引き寄せられた。開け放たれたままの入口に立ち、壁に描《か》かれた虹《にじ》の絵を見た。それはなんとも魅力的だった。希望のシンボルである虹を子供部屋の壁に描くなんて、いかにもヘイリーらしい。

彼女はいい母親になるだろう。そのことには疑いの余地がない。

一方、ぼくはいい父親になれるだろうか？　マーカスの頭のなかでは、その問いが響き渡っていた。自分がいつか父親になるだなんて、今まで考えたこともなかった。子供など作らないほうがいいと思っていたのだ。世界にはもう、これ以上子供はいらない。必要ともされず、愛されることもなく成長した子供がたくさんいるのだから。

ところがヘイリーの妊娠を知ったら……。

どういうわけか、なにもかもがひっくり返ってしまった。これまで一度も自分のものになると思ったことのないものまで欲しくなる。虹を見て、久しぶりに希望を感じたのだ。口の端があがるのが自分でもわかった。まいったな。慎重にしなければならないのに。たった一日仕事を離れて、午後いっぱいかけてショッピングモールをうろついただけで、突然世界が明るくなったみたいだ。用心していないと、《ホワイト・クリスマス》をハミングしながらポップコーンを次々と口にほうりこみ、『素晴らしき哉《かな》、人生！』を見て大喜びしてしまいそうだ。

携帯情報端末《PDA》が振動した。画面を確認しなくては。なにか重要な電話かもしれない。

だが、マーカスは電話に出なかった。代わりに、まだ生まれていない赤ん坊の部屋に立ったまま、不思議なほど軽やかな気持ちで長いあいだ虹を見つめていた。


ヘイリーは眠りに落ちたときと同じように、突然目を覚ました。ぱっとまぶたを開け、ベッド脇《わき》の時計を見やった。眠ってから一時間半が過ぎている。

マーカス……。

くるまっていたあたたかい毛布から手を出して、指先を唇に押しあてた。彼がキスをした。わたしが眠りに落ちる寸前に、今まででいちばん甘くて優しいキスを……。

わたしったら。マーカスにまたキスを許してしまうなんて。

ところがそのことを考えると、もっとキスをしてほしい、という思いしか浮かばなかった。

それにしても、このにおいはなにかしら？　まるで……。

中華料理だ。ヘイリーのおなかが鳴った。

漂ってくるにおいをかいでみた。やっぱり、間違いなく中華だわ。膝のあいだの枕《まくら》を蹴飛《けと》ばし、毛布を押しのけた。

ヘイリーがリビングルームに入っていくと、マーカスはテレビのトーク番組を見ながら紙箱入りの焼きそばを食べていた。

マーカスが振り返り、ふたりの視線が合う。なじみのある身震いがヘイリーの全身を駆け抜けた。世界は金色に輝き、希望にあふれていた。その視線を交わした一瞬のあいだに、彼女はすべての物事を再認識した。

しかし、ヘイリーはこう言っただけだった。「メニューは?」

「自分で見てごらん」

彼女はマーカスの隣に座り、小さな海老《えび》と春巻を少し食べた。食事を終えると、彼が残りを冷蔵庫に入れてくれた。ヘイリーはテレビを消し、マーカスがリビングルームに戻ってくるのを待った。

彼が隣に座る。「よし。頭はすっきりしたようだね。なにを考えているんだい?」

ヘイリーがマーカスの手をとったとたんに、彼の目が陰を帯びた。マーカスったら、わたしがなにをしてもびっくりするみたい。手を握るようななにげないことでさえ。「わたしは間違っていたのかもしれないわ」

マーカスがもう片方の手を上に重ね、両手でヘイリーの手を包んだ。なんて心地がいいのかしら。大事にされて、守られているようだ。彼の腕に包まれる感触を思いださせる。マーカスに抱きしめられていると、不思議といつも安心できた。

今回は彼もわきまえていて、口をはさまずに、ヘイリーに言いたいことを自分のペースで言わせてくれた。

「今日の午後はあなたと一緒に過ごせて本当に楽しかったわ。わたし……この数カ月間、あなたが恋しくてたまらなかったの。あなたを忘れられる日が来るのをずっと待っていた。でも、あなたを恋しく思う気持ちが消えることはなかったわ。そして今、あなたはここにいて、わたしとの関係がうまくいくように願ってくれている……」

「そうだよ」まるで誓うように、はっきりとマーカスが言った。

ヘイリーはそのいとしいグリーンの瞳を見つめるうちに、ほほえまずにはいられなくなった。「わたし、考えていたの。もし、しばらくふたりで過ごせたら、わたしたちがうまくやっていけるかどうか、わかるかもしれないって」

「うまくやっていけるさ、ヘイリー。さあ、ぼくに――」

「待って」

「なに？」

「わたしに時間をくれる？」

ヘイリーの手を包んでいたマーカスの手に力が入った。「もちろんだよ。明日、結婚しよう。それから一緒にシアトルに帰るんだ。ぼくたちは――」

「いいえ。シアトルにはまだ行けないわ」

「でも、きみは今——」

「わかりにくかったわね。わたしが言いたかったのは、何日か休みをとってわたしと一緒にこのサクラメントに滞在してもらえないかしら、ということなの」

マーカスの顔に失望の色が浮かんだ。「ヘイリー……」残念でたまらないといった口調で彼女の名前を呼んだ。「すまないが、できない」

予想どおりの答えだった。仕事から離れた彼がどんな気持ちになるか、ヘイリーはよくわかっていた。だが、あきらめなかった。「少しでいいから考えてみて」

「考えることなんかないよ」

「あるわ。ねえ、聞いて。あなたが休暇をとらないことは知っているわ。あなたは仕事が大好きで、心底喜んで働いていることもね。休みをとるには悪い時期だということも承知している。だって、いつだって都合が悪いんですもの。そうでしょう?」

マーカスは返事をしなかった。その必要がなかったからだ。ヘイリーは自分で自分の質問に答えていたのだから。

彼女は続けた。「ただ……わたしは時間が欲しいの。それがあなたに求めるものよ。クリスマスが終わるまで、わたしと一緒にここにいて」

マーカスがヘイリーの手を放した。「クリスマスなんて、二週間近くも先じゃないか。無理だよ。そんなことができるわけ——」

ヘイリーがマーカスの言葉をさえぎった。「お願い。無理な理由を並べたてる前に話し合いましょう。考えるのよ、可能性を」

「なんの?」

「今週末、一族のパーティがあるの」

マーカスが低い声で言った。「ラスベガスで、だろう?」

ヘイリーは頭を振ったが、笑みを浮かべていた。「どうして知っているの?」

毒づいてからマーカスが答えた。「きみのお兄さんに連絡をとって話したんだ。口添えしてもらえるよう頼むためにね。一族のパーティのことは彼から聞いた。じつはぼくも招待されたんだ」

「それはいつの話?」

「今日、きみを迎えに行く前だ」

ヘイリーが笑った。「あらゆる面から働きかけようというわけね」

「そうだよ」

ヘイリーは再びマーカスの手をとってひっくり返し、親指でてのひらを撫《な》でた。「ベッドルームでキスをされたとき——」

「なに?」彼の声は低く荒々しかった。

「あのときは〝だめ〟って言ったけど、内心ではどんなにあなたのキスが恋しかったことだろうって考えていたの。どんなにあなたを待っていたか、どんなにあなたを愛しているか……」

「だから結――」

「やめて」マーカスの唇に手を触れて、ヘイリーは黙るように合図をした。「お願いだから、今は言わないで。結婚の話はしたくないの、今はまだ。まずはあなたと一緒に過ごしたいわ。〈カフェ・セントラル〉の重圧のないところでね。新しい見方で、お互いをわかり合いたいの。なにもしないで、ただ一緒に過ごすの」

マーカスはとても困っているように見えた。「きみはただ一緒にいたいだけなんだね」

「難しい注文よね」

「ぼくがどんな人間か、きみは知っているだろう？　なにもしないではいられないんだ。必死で仕事をする――それがぼくなんだ」

「今日の午後はなにもしないでいられたじゃない。とても上手だったと思うけど」

マーカスが手を伸ばした。ヘイリーはそれをよけたりせずに、彼の指が頬を通って寝癖のついた髪を耳のうしろへかけるのに身を任せた。それだけでもヘイリーにとっては奇跡のようなものだった。マーカスに触れられた場所から火花が起こり、やがて下腹部も熱を帯びていく。

ヘイリーはうれしかった。喜んでさえいた。マーカスが自分を捜しに来てくれたこと、そして彼女がノーと言ってもあきらめずにいてくれることを。

マーカスの瞳が優しくなった。奥深い山に隠された峡谷のような緑色だ。彼がささやいた。「まいったな、ヘイリー」

困ったことに、臨月間近の体にもかかわらず、彼女はマーカスを求めていた。

そっと撫でる彼の手をとり、ヘイリーは自分の唇に押しあてた。それから、優しくその手を放した。「わたしは……本当にあなたと一緒にいたいの、マーカス。そしてまた愛し合いたいのよ」

マーカスはまばたきをすると、すぐさまヘイリーの大きなおなかをちらりと見た。「愛し合うって……いつ？」

「今よ」ヘイリーが笑った。「妊婦と愛し合うのがそんなにおかしい？」

マーカスの瞳はすっかり和んでいた。無邪気で、若くすら見えた。「大丈夫なのか？」

「ええ。気をつければね。それと想像力を働かせるの。落ち着いてゆっくりでもかまわなくて、こんな大きなおなかのわたしにうんざりしないなら」

再びマーカスが手を伸ばし、彼女の喉に触れた。ヘイリーは震えながらため息をついた。

マーカスが彼女の髪の下に手を滑りこませ、そっとうなじを撫でる。「うんざりなんかしないさ。気をつけるよ」彼の言葉が荒々しい愛撫《あいぶ》のように響いた。「落ち着いて、想像力を働かせて……」

「そうよ、そうすれば……」

「キスをしたい」

「わたしもしたいけど……」

マーカスはヘイリーがためらっていることに気づいた。「なにが気に入らないんだい？」

「気に入らないことなんてなにもないわ。本当よ。でも、正直でいてほしいの。まずはそこからよ」

マーカスが手をおろした。「ぼくが嘘《うそ》をついているとでも？」

「昨日の夜、あなたはわたしを愛していると言ったわ」

彼が顔を離した。グリーンの瞳は用心深く、警戒していた。

ヘイリーが言った。「わたしを愛してなんかいないんでしょう？」

「愛しているに決まって――」

「本当のことを言って」また嘘をつかれる前にヘイリーはさえぎった。「お願い。そこからはじめなければいけないの」

不穏な沈黙のあと、ついにマーカスが言った。「ああ。ぼくはきみを愛していない――それがどんな意味であろうとも。いずれにせよ、ぼくは愛情全般にほとんど関心がないんだ。愛がもたらすのは苦しみだけだと思っているからね。どうだい、腹が立っただろう？」

「いいえ、少しも」ヘイリーは息が詰まって咳払《せきばら》いをした。「あなたがそんなふうに言うのを聞くのはつらいけど、本当のことを言ってくれるほうがずっといいわ」

マーカスが疑うような表情を浮かべた。「きみがそう言うのならいいんだが」

「わたしは事実から目をそらしたくないの。それだけよ。あなたがまだ彼女を愛していることは――」

「違う」否定するマーカスの言葉は確信に満ちていた。「ぼくは誰も愛していない」

ヘイリーは信じなかった。彼はまだエイドリアーナを愛しているのだ。たとえ自分では認めようとしなくても。だが今日は、ひと晩では充分すぎるほどマーカスを追いつめてしまった。結局のところ彼は立派な人間で、心のなかではエイドリアーナを求めていようと、ヘイリーを欺くようなことはしないだろう。それは信じることができた。

確かにマーカスはヘイリーを大切にしてくれている。その傷ついた心で可能な限り、大切に。それは間違いなかった。たとえ愛し合っていなくても、すばらしい結婚生活を築くことはできるかもしれない。

「先に進んでもいいかな?」マーカスがぶっきらぼうに尋ねた。

ヘイリーはうなずいた。「ええ。なんだったかしら?」

「きみにキスをしようとしていたんだ」再び彼が少しかがみこんだ。「そこからはじめていいかい?」

「ああ、キスを……」

「いやなのかい？」

「いいえ、ちっとも」

「よかった」マーカスが両手で優しく彼女の顔を包みこむ。彼を迎えるようにヘイリーは唇を上向けた。いい香り。清潔で男らしい香りだわ。マーカスがいつも使っている高価なアフターシェーブローションの香りをかすかに漂わせながら、唇を近づけてきた。

とうとうヘイリーはマーカスの唇を感じた。こんなにうっとりするようなことがほかにあったかしら。唇をかすめるようにして彼が顔を前後に動かしはじめた。じらし、誘いながら。彼女がため息をもらすと、マーカスはそれを承諾のサインと受けとった。

彼の舌が下唇に触れた。思わずヘイリーが声をもらすと、今度は口のなかに入ってきて舌で歯の端に触れた。ヘイリーはまたため息をついた。

ふいにマーカスが顔をあげた。「なんてすばらしいんだ。昔よりもずっとすてきだよ」そして再びヘイリーのうなじに手をまわすと、背骨のいちばん上をマッサージするように軽くこすった。ヘイリーはなんとも気持ちがよくなり、緊張がゆるんでいった。これ以上なにがあると言うのだろう。骨まで溶けるようなキスのほかに。

ヘイリーは彼のもう片方の手を腹部へと導いた。マーカスが彼女の名をささやきながら、てのひらを大きく広げてその小高いふくらみに触れた。「すごくかたいんだね」

「すいかみたいでしょう」

「大丈夫なのかい？　ぼくが……」

ヘイリーはマーカスを見つめた。「ええ」

マーカスが彼女の体を探った。てのひらで曲線を描くように体の前面をなぞり、膝に向かって手を滑らせていく。

赤ん坊がおなかを蹴った。「まあ！」ヘイリーは笑って彼の手首をつかむと、脇腹のほうへ持っていった。「ここに手を置いて……」そしてマーカスの顔を見た。「ほら！　わかった？」

マーカスの瞳が驚きに満ちた。「蹴った。確かに息子がぼくの手を蹴ったぞ」

ヘイリーはからかうように彼を横目で見た。「女の子かもしれないじゃない」

「きみは……どっちか知らないのかい？」

「知らないわ。男の子でも女の子でも、どっちでもいいの。ちょっとした謎《なぞ》があってもいいでしょう？　どちらにしても、健康なことはわかっているんですもの。だから待てるのよ」

彼女に導かれた場所に手を置いたまま、マーカスはじっとしていた。「もし女の子なら、ママみたいな美人になるな」

「どうせお世辞でしょう。でも気に入ったわ。もっと言ってちょうだい」

「赤毛のかわいい女の子で――」

「目はグリーンね」ヘイリーがつけ加えた。

「ほら」マーカスのまじめな顔が、突然ぱっと輝いた。「また蹴った。彼女は運動神経がいいな。間違いない」

ヘイリーは彼の手をとり、指をからませた。「それで、どうなの？」

「なにが？」

「マーカスったら」不可能な提案をしてしまったからには、彼がやる気を見せてくれるかどうかヘイリーはどうしても知りたかった。「時間よ。クリスマスが終わるまで、わたしと一緒にここで過ごしてくれる？」

「時間？」

ヘイリーは不満げに声をあげた。「からかわないで」

大きな声でマーカスが笑った。だが、ヘイリーにはその笑い声がうれしかった。「まずはシアトルに戻って、できるだけ仕事を整理してこないといけないな」

心があたたかくなるのを彼女は感じた。生き生きと輝きを放っているのがわかる。「信じられないわ。あなたが〈カフェ・セントラル〉から離れて、二週間もわたしと過ごしてくれるの？」

「一緒にね」

「もちろんよ。まるで警告しているみたいな口ぶりだわ」

「事態を明確にしているところなんだ。ぼくはきみと一緒に過ごすつもりだ」

「それこそ、わたしの望んでいることよ」

「きみの様子からはわからなかったよ。今夜まで」

「ベッドルームでのキスのおかげね」

「おいおい、ただの短いキスじゃないか。あんな簡単なことだったのか？　もっと早く試せばよかったな」

そのときヘイリーは、自分の考えをきちんと伝えていなかったことに気づいた。「それから……もしかしたら、うまくいかないかもしれない可能性もあるわね。そのことは頭に入れておかないと」

「悪いが、ぼくはそうは思わない」

「でも、あなたは――」

「いや。ぼくらがうまくいかないなんてあり得ない。ぼくはきみと結婚したいんだ。頭に入れておくのはそれだけだ」

「だけど、しばらくその話はおあずけよ」

マーカスが不服そうに言った。「ぼくはもう結婚を申しこんじゃいけないのかい？」

ヘイリーはうなずいた。「そうよ。お願いだから守って。なにかを必死になってやり遂げようとするときのあなたがどんなふうか、自分でもわかっているでしょう？　すごい迫力なんですもの。しょっちゅう結婚のことで言い争っていたくないわ」

「確かにそうだな。じゃあ、ぼくたちはただ一緒に過ごすだけということにしよう」

「ええ。お休みのことを考えましょう。クリスマス休暇よ」

「なんと二週間の」

「それから？」

「もう一回キスをしてくれ。話はそのあとだ」

6

マーカスは何度もヘイリーの唇を奪ったのちに、ついに降参して彼女の案に同意した。二週間もシアトルを離れる……。

まったくもって、正気を失っているとしか言いようがなかった。

だがそこにはヘイリーがいて、彼女と一緒に過ごす二週間が待っているのだ。ふっくらと成熟した、やわらかくて甘い香りのするヘイリー。いつでも手の届くところに彼女がいて、ぼくを避けたり拒んだりすることもない。

ヘイリーはまるで麻薬のようだった。つまらない日々を輝かせてくれる、すばらしい薬だ。

二年前にエイドリアーナと別れたときは、ほかの女性と深い関係になれる日が来るなんて思ってもみなかった。いずれにしても、長期にわたる関係を築くことはもうないだろうと思った。別れたとはいえ、エイドリアーナのことを子供のころからずっと愛してきたのだから。彼女こそただひとりの女性だといつも思っていた。ぼくの理想の恋人だと。非情で身勝手な面もあるかもしれないが、エイドリアーナはぼくを理解してくれていた。深く、完全に。そんなふうにぼくをわかってくれた人は、それまで誰もいなかった。

ぼくはずっとそう信じていた。

ふたりの結婚は生涯続くはずだった。しかしもともと精神が不安定だったエイドリアーナは、マーカスが仕事に長時間かかりきりになることに不満を感じはじめた。マーカスのことを退屈でつきあいが悪いとののしり、さらに多くのことを要求するようになった。やがてふたりの結婚は破綻《はたん》した。彼女はフォンクルーガーという男とともに、中央ヨーロッパの小さな公国へと去っていった。そして離婚を申したててきた。

マーカスには自分で作りあげた会社以外、なにも残されていなかった。以来、彼はただひたすら仕事に打ちこんだ。

ヘイリーに出会うまでは。

彼女はぼくを惹《ひ》きつけ、誘惑し、すべてをぼくに与えてくれた。笑顔も、優しさも、美しくセクシーな体も。きつい仕事や暗い孤独だけが待つ、おもしろみのない暮らしのなかで、ヘイリーは突然現れたあたたかい癒《いや》しの光だった。みにくい場所へ続いているどんなものでも、まったく別のものに変える力が彼女にはあった。ヘイリーがいれば、ぼくは以前のように限りなく幸せに近い世界にいることができた。

だが、それも終わってしまった。ヘイリーが求めている愛を与えることができなかったせいで、彼女はマーカスを残して行ってしまったのだ。

けれども今、ぼくはここにいる。ヘイリーの家のリビングルームに座り、ただ一緒に二週間過ごすことを承諾した。自分の手で土台から築きあげ、ぼくの指揮を必要としているビジネスを、ひとりの女性のために捨て去ってしまうことになんの違和感も覚えないとは、おかしなものだ。

いや、捨て去るのではない。ヘイリーならこう言うだろう。〝捨て去るんじゃないわ、マーカス。少し中断するだけよ。どうしてもクリスマス休暇が必要なの〟と。

彼はさらにヘイリーにキスを浴びせ、体じゅうに触れた。赤ん坊が彼女の体にもたらした変化を探るたびに、マーカスも喜びを覚え、興奮した。

以前と同じように、ヘイリーはなにも隠そうとしなかった。ほほえんで瞳を輝かせながらマーカスに服を脱がせてもらい、その丸みを帯びた体をさらけだした。恥ずかしがることもなく、ただ欲望に満ちた、甘いため息をつきながら。

マーカスは慎重を心がけた。優しく、ときには用心深くすることは、難しいことではなかった。ヘイリーには配慮が必要で、その彼女が求めるものを与えられることがたまらなくうれしかった。

かつてヘイリーとのセックスは激しく、すばらしいもので、楽しみに満ちていた。そう、彼女はいつも愉快で大胆だった。互いに上になったり下になったり、なんでもした。ヘイリーはどんなことにも挑戦し、その変化を楽しんだ。マーカスのどんな提案にも賛同してくれた。

また、ちょっとした空想の世界を楽しむことにも積極的だった。フランス人のメイドの格好をしたり、ハイヒールとレザーを身につけて誘惑したり……。

楽しくてセクシーな過去のひとときを思いだしながら、彼はひとりでにやにやしていた。

ヘイリーが言った。「なにをにやにや笑っているの？」

ふたりはすでにベッドルームにいた。生まれたままの姿になって、ベッドの上にいる。マーカスはヘイリーの胸をそっと手で包みこんだ。以前よりふっくらとしていて、やわらかくてしなやかな白い肌には、繊細な静脈が浮きでていた。胸の先端が以前に比べるとやや黒ずんでいる。彼は頭をかがめて、その赤黒い先端に舌で触れた。

ヘイリーはそれ以上は許さず、マーカスの顎の下に手をやり、再び自分のほうを向かせた。「その笑いは？」

「ただ、思いだしていたんだ。ぼくときみが、昔ベッドでしていたことを」

少女のようにくすくすとヘイリーが笑った。「楽しかったわね」

マーカスは彼女の肌の感触を楽しみながら、肩を抱いた。最後にもう一度。「本当に楽しかったな。もちろん今も……」

「そうね……」

枕《まくら》の位置を調整し、ヘイリーがそれに寄りかかるようにして横になった。マーカスは彼女の隣に横たわり、キスをし、両手で体を探りはじめた。

やわらかくふくらんだ胸から、その下へと……。

また赤ん坊が動くのがわかった。

マーカスがさらに彼女の体に手を這《は》わせていくと、しっとりと潤いを帯びて彼を待ちかまえている部分に触れた。ヘイリーが低くうめき声をあげる。マーカスは濃厚なキスをして、彼女の秘められた部分をそっと撫《な》でた。

ヘイリーは体をよじり、叫ぶように息を吐いた。ほほえみながらマーカスは唇を寄せた。

「すてき……」ヘイリーが彼の唇の上を舌でなぞった。

マーカスは彼女の舌をとらえて自分の口のなかへと招き入れ、それを放すと今度は下唇をそっと噛《か》んだ。あえぎながらヘイリーが彼の名をささやくまで。

次は彼女の番だった。やわらかな手でマーカスを包みこみ、きつく締めつけたかと思うと、その手をゆっくりと上へ滑らせていった。

ヘイリーに唇を撫でられて、彼は低いうめき声をあげた。彼女は再度マーカスの唇をとらえてキスをした。深く。丹念に。そのあいだも器用な手つきで彼の欲望をかきたてていた。

マーカスは頭がどうにかなってしまう寸前に、ヘイリーの手首をつかんで頬に唇を這わせ、耳たぶをそっと噛んだ。「そんなに動きまわって、大丈夫なのかい？」

再び唇が合わさるように顔の向きを変え、ヘイリーが彼の唇に向かってささやいた。

「横になって」

そう言ってマーカスを仰向けにさせると、その上にのった。ヘイリーの赤毛が胸の前に流れ落ち、ランプの光を受けて絹のように輝いている。

彼女はマーカスの目を見つめながら、彼を自分のなかへと招き入れていった。

大きなおなかを片手で支えるように抱えこみながら、ヘイリーがマーカスの上でゆっくりと慎重に動いている。彼はヘイリーに主導権を握らせ、自分を抑制した。ヘイリーのすべてを奪わないように配慮しつつ、燃えあがるような衝動に耐え、彼女を引き寄せて強く突きあげたい欲求を抑えるのは簡単なことではなかった。

頭のなかでは、優しくして気をつけるようにと警告の声が響いていたが、マーカスは体の要求にあらがうことができなかった。どんなに欲望を抑えつけようとしても、興奮した体が解放を求めていることはわかっていた。

低く押し殺したような声がもれる。マーカスはヘイリーの体をわしづかみにしてしまわないよう、シーツを両手で握りしめ、朦朧《もうろう》とする意識のなかで必死に自分を抑えた。

ヘイリーがマーカスの上で動きながら、優しく励ますような言葉をかけてくる。とうとうマーカスはクライマックスを迎えた。世界は跡形もなく消え去った。そこにあるのはただ、しっとりと彼を包みこむ彼女のやわらかさと、熱だけだ。
彼はヘイリーに導かれて、真夜中の月のかなたへと旅立った。

7

ヘイリーはマーカスが起きあがった拍子にベッドが揺れるのを感じた。けだるい数秒のあいだ、彼女は目を閉じたままうとうとしていたが、やがてこっそりとまぶたを開けた。

マーカスが服を着ている。

「ねえ」ヘイリーは起きあがると、髪をうしろに払い、目を細めて時計を見た。「まだ六時にもなっていないじゃない」

「もう行かないと」ベッド脇《わき》の椅子に座り、マーカスが靴を履いた。

ヘイリーは枕《まくら》に倒れこんだ。「まあ、やる気に満ちたビジネス界の大物が戻ってきたというわけね。昨夜みたいなことは長く続かないものなんだわ」

「よく言うよ。必要もないのに働いているのはどこの誰だい？」

「マーカス」

彼がたじろいた。「きみがそんなふうにぼくの名前を呼ぶときは、決まってそのあとに説教がはじまるんだよな」

「仕事を続けるかどうかはまだはっきりと決めていないの。でも、広い視野で考えているところよ」

「ほらね。言ったとおりだろう？　次はぼくの目の前で、人差し指を立てて振るんだ」

「わたしが？　まさか。それより大至急で仕事を片づけて、一族のパーティに間に合うように帰ってきてね。約束したでしょう。ちゃんと覚えているんだから」

「ぼくだって覚えているさ。パーティのあとは、ただふたりで一緒に過ごすんだろう」

「そのとおりよ」

マーカスが顔をしかめた。「そんな大きなおなかで、ラスベガスまで行って大丈夫なのか？」

ヘイリーはため息をついた。「心配しないで。もちろん大丈夫よ。なんのトラブルも抱えていないし、早産の兆候もないわ」

「飛行機に乗ってもいいのかい？」

「ええ。あなたがどうしても心配だと言うのなら、お医者さまにきいてみるけど」

「そうしてくれ。医師の許可がおりたら、会社のジェット機を使おう。そのほうが速いし快適だ。きみのお姉さんとお兄さんにも、一緒に乗っていくかどうかきいておくといい」

「わかったわ。ありがとう」

マーカスが顔をしかめたまま言った。「たしか、ラスベガスのカジノでは今でも喫煙が認められていると思うんだが」

「マーカス、やめてったら。大丈夫よ。なにも問題はないわ。妊娠の経過は至って順調だし、わたしたちが行くふたつのカジノは新しい施設だから、最先端の空気清浄装置も完備されているのよ」

「きみの体にいいとはとても思えない」

ヘイリーはベッドの足元のローブをつかみ、マーカスが険しい顔で自分を見つめてくるのを横目にそれをはおった。「マーカス……」彼女は危なっかしい足どりでマーカスのもとへ行き、手を差しだした。マーカスは彼女の手をとったが、楽しそうな顔をしているとはとても言えなかった。「心配しなくていいのよ」ヘイリーに手を引かれるまま、頭を振ってマーカスが立ちあがった。彼女は無精ひげの生えた彼の顔を両手ではさみ、爪先立って苦々しげにゆがめられた唇にキスをした。「いい子だから機嫌を直して。行く前にコーヒーを淹《い》れてあげるから」

「ぼくはただ、きみに安全でいてほしいだけなんだ」

「気をつけるわ。約束する」

ついにマーカスはあきらめ、ヘイリーの体に両腕をまわした。ゆっくりと甘いキスを交わしたあと、ヘイリーは再びマーカスの手をとって、コーヒーポットのあるキッチンへと引っ張っていった。

七時前にマーカスは発《た》った。金曜日の午後には戻ってきて、ヘイリーをラスベガスで開かれる一族のパーティに連れていくことを約束して。ヘイリーは朝食をとってから家を出た。今夜はパーティの予定が三件入っている。職場に着くと、驚いたことにフェデリコが黙ってキッチンで仕事をしていた。ソフィアの話によると、彼とじっくり話し合ったらしい。これで、今後はずいぶん静かになるだろう。

ヘイリーの後任の女性も安心しているようだ。

ヘイリーは後任者に仕事を教えているあいだもほほえみを浮かべながら、小さな声でクリスマス・ソングをハミングしていた。新しい業務マネージャーは本当によくやってくれている。

彼女がいれば、わたしとマーカスは二週間ずっと一緒にいられるわ。

七カ月前に彼と別れたとき、こうしてまた一緒に過ごせるようになるとはいったい誰が想像できたかしら。たとえ、クリスマス休暇のあいだだけでもマーカスと一緒にいられるなんて。

もしかしたら永遠に一緒にいることだって、できるかもしれない。まさに、信じられないことが起こったわ。

でも、先走りするつもりはなかった。今のところ、この二週間だけで充分に奇跡なのだから。

その日の午後まだ早い時間に、マーカスは部下のマネージャーたちに会った。実際、すべてが順調に運んでいた。彼が仕事を離れていたあいだに経営が行きづまるようなことはなかった。

マーカスは、仕事から二週間ほど離れようと思っていることを彼らに説明した。話しながら、彼は笑みがこぼれそうになるのをこらえた。普通に〝休暇〟と言うよりも高尚な感じがしたからだ。マーカスはマネージャーたちに、互いに協力し合うよう言った。それから、マーカスの判断を要する問題があれば今日の夕方六時までに彼のところへ持ってくるよう指示した。

これで明日の朝もう一度会議を行えば、ヘイリーのことだけを考え、当面の問題に対処するために旅立てる。マーカスは上機嫌で自分のオフィスに戻った。約束の二週間が終わるころには、ヘイリーの指には結婚指輪が輝いているだろう。そして来月には、ぼくは父親になるのだ。

父親になることを考えると恐ろしくなる。だが、一歩ずつ着実に進んでいくしかなかった。

マーカスは秘書のジョイスと三十分ほどかけてスケジュール調整をした。彼女が退室するやいなや、マーカスは本腰を入れて仕事を片づけにかかった。携帯情報端末《PDA》が振動したとき、たぶんヘイリーからだろうと思い、画面を見ずに電話に出た。

「どうしたんだい？」彼はほほえんでいた。

「マーカス？」

エイドリアーナの声だった。マーカスは胃がずっしりと重くなったような気がして、鼓動が速くなった。なんてことだ。両手が汗ばんでくる。

電話を切ったほうがいい。話すことなどなにもないのだから。

だが、切れなかった。どうしてなのか、自分でも考えたくなかった。

「ねえ、マーカス。そこにいるの？　いたらなにか返事をしてちょうだい」

マーカスはなんとか声に出して言った。「なんの用だ？」

「まあ、そんな。元気なの？」

自分が激怒しているのが彼にはわかった。今度は冷たく言った。「用件は？」

「そう、声でわかるわ。わたしのこと、許してくれていないのね。本当にごめんなさい。ひどいことをしたのはわかっているわ。本当よ。わかりすぎるくらいわかっているの……」

エイドリアーナがシアトルに舞い戻ってきたのかと思い、突然はらわたがよじれるような気がした。「どこにいるんだ？」

「ロンドンよ。リオとはもう終わったの」

彼女はフォンクルーガーとも別れたのだ。それを聞いても、なぜかマーカスは驚かなかった。

「マーカス、今ならわかるの。わたしは本当にとんでもない過ちを犯してしまったわ。いつだって、わたしにはあなたしかいなかったのに。わたしたちふたりは強いきずなで結ばれていたわね。なにがあっても変わらない、わたしたちの愛は永遠よ。あなたはわたしのために生きているの。わたしだって、あなたなしでは生きられない。それなのにわがままばかり言って、間違っていたわ。直接話がしたいの。あなたに会いたいのよ」

「だめだ」

愕然《がくぜん》とした沈黙が広がり、やがてエイドリアーナが言った。「嘘《うそ》でしょう。あなたは――」

「ぼくのことはほうっておいてほしいんだ、エイドリアーナ。もう二度と電話しないでくれ」

「そんな。お願いだから――」

マーカスはやっとのことで電話を切った。そしてそのあともしばらく、じっとそこに座ったまま震えの止まらない手でPDAを握りしめながら思いだしていた。

過去のありとあらゆるできごとが、鋭いナイフのようにぎらぎらと輝く一連のイメージとなってよみがえってくる。

〝あなたはわたしのために生きているの〟

十二歳のときの自分の姿が見えた。やせっぽちで、孤独で、びくびくしていた。最後には父親に殺されてしまうに違いないと彼は確信していた。父は酔っ払ったあげく逆上してぼくを殺し、その結果と向き合うのを避けようとなんとかして逃げまわるのだろう、と。だが結局のところ、マーカスの父ダリアン・リードはリード家の財産相続人で、いわゆる有力者だった。そのような男が、一人息子を殴り殺したりするはずがないのだ。

あの日は陰気な雨が降り続いていた。マーカスは家政婦が隠していた鎮痛剤を盗んで学校に持っていった。そして瓶のなかの錠剤をジンジャーエールで流しこむようにのみ、男子用トイレで死ぬのを待っていた。

彼を見つけたのはエイドリアーナだった。

あのときは、ぼんやりと半分だけ意識が戻ってきて、気がつくと……。

エイドリアーナの膝に頭をのせていた。彼女の美しい顔のまわりで、ブロンドの髪が後光のように輝いていた。そして、たしかこう彼女は叫んでいた。〝死なないで、死んじゃだめよ〟と。

手のなかでＰＤＡが振動し、マーカスは現実に引き戻された。

彼はまるでそうすれば効果があるとでも言うかのように、ＰＤＡをデスクパッドの上に落とした。そして待った。怒りでおかしくなった蜂《はち》のようにぶんぶんうなっているPDAが静かになり、メッセージが吹きこまれるのを。それからPDAを拾いあげると床に置き、靴の踵《かかと》で大理石のタイルに押しつけるようにして踏みつけた。

夜八時に電話が鳴ったとき、ヘイリーはマーカスがかけてきたのだろうと思った。しかし、ディスプレイを見ると違う番号が表示されていた。「もしもし？」

くすくす笑う低い声が聞こえた。「今日こそ仕事を辞めてきたかい？」

「マーカス。あなただったのね」

「ほかの男だと思ったのか？」

「いいえ、あなただと思ったわ。でも、表示された電話番号が違ったから」

「PDAを新しくしたんだ。近くになにか書くものはあるかい？」

「電話番号なら電話機のメモリーに残るから大丈夫よ。それよりどうして新しくしたの？」

「長くてくだらない理由さ。これからはこっちの番号にかけてくれ」

「わかったわ。ところで、さっきの返事はもちろんノーよ。仕事は辞めなかったわ」

「誰かに引き継ぎをしていると言っていたじゃないか」

「ええ、しているわ。だけど――」

「もしきみがずっと働いていたら、どうやってぼくたちは一緒に過ごすんだい？」

〝一緒に過ごす〟マーカスが言うと、すばらしい言葉に聞こえた。確かに彼の言い分はもっともだ。「実際、わたしの後任の女性はすごくよくやってくれていて――」

「辞めるんだ。明日」

「辞めるつもりはないわ。その代わり、六週間の休みを申請してあるの」

「もしぼくがもう一度辞めろと言ったら、それは押しつけていることになるんだろう？押しつけはいけないんだよな」

「そうよ。学習したじゃない」

「じゃあ、明日からその休みをスタートするんだ」

「容赦ない人だと言われたことはない？」

「しょっちゅうさ。わかったかい？　明日からだぞ」

突然、ヘイリーはなにかがおかしいという奇妙な感覚に襲われた。なぜそう思ったのだろう？　彼女にはわからなかった。マーカスの言い方に、いつもと違うところがあったかしら？

とくにおかしなことはなにもなかったと思うけれど……。

「ヘイリー？」

「ええ、聞いているわ」

「大丈夫かい？」

それはこちらのせりふだ。「大丈夫よ。すごく元気」

「一瞬、回線が切れたのかと思ったよ」

「回線も大丈夫だから、安心してちょうだい。それよりディディが、あなたのジェット機に乗るのが待ちきれないって伝えてほしいと言っていたわ」

「バレエシューズを履いてくるのかな」

「たぶん履いてこないと思うわ。ケリーが絶対に許さないでしょうから」

「お兄さんは？」

「タナーも一緒に乗っていくそうよ。明日の夜は、〈インプレサリオ〉に一族が集まって盛大なディナーがあるの。それが週末の幕開けよ。わたしたちも間に合うかしら？」

「もちろん。こっちは万事順調だ。明日の午後一時までに、きみのアパートメントへ迎えに行くよ。ケリーとタナーには、二時ごろに空港で待ち合わせをしようと伝えてくれ。そうしたら二時半までには出発できる」

「伝えておくわ」

「ところで、医師にきいてみたかい？　飛行機に乗っても大丈夫かどうか」

「看護師と話したわ。それでもいい？」

「看護師はなんて――」

「先日あなたに言ったとおりだったわ。わたしは元気な妊婦だから、与圧された客室なら全然問題ないそうよ。あなたのジェット機もそうよね？」

「ああ」

「あなたに言っておきたいことがあるの。わたし、もう待ちきれないわ」

「クリスマスシーズン中の子供みたいだな」

ヘイリーは笑った。「季節もぴったりね。本当に、自分が子供になったみたいなの。おなかが大きくて足首がむくんでいるのを除けば、だけど」

「きみはすてきだよ」とても優しくマーカスが言った。心底、ほれぼれとしているように。「きみは人生にくよくよしないし、誰かに面倒を見てもらおうとも思っていない。頼りになる女性だと、いつも思っているよ。信頼できる女性だって」

「ありがとう。それで、あなたのほうはすべて大丈夫なのよね？」

マーカスが低い声で言った。「きみがどんなにすばらしいか言っているのに、疑っているのかい？」

「そうじゃなくて、ただ……よくわからないわ。なんでもないんでしょうね。あなたが大丈夫だと言うのなら」

「大丈夫だ。間違いなく」

「そう。よかったわ」

ふたりはおやすみなさいの挨拶《あいさつ》を交わした。電話を切るとすぐに、ヘイリーはディスプレイを見ながらマーカスの新しいPDAの電話番号をアドレス帳に書き写した。それから、旅行のための荷造りにとりかかった。

不思議なことに、なにかがおかしいというすっきりしない感じは、いつまでたっても消えなかった。それはベッドに入っても心の片隅に引っかかり、しばらく眠れないほどだった。

ようやく眠りについたヘイリーは、一度も会ったことのない父親の夢を見た。まだ少女だったころのヘイリーの前に、ブレイク・ブラボーがぼんやりと現れたのだ。現実の姿というよりは影のようだった。父がかがみこんで手を差し伸べてきたとき、彼女は夢のなかで泣いていた。

マディソン・パークにある自宅で、マーカスはベッドに横になっていた。エイドリアーナと別れたあとでここへ引っ越してきたのだが、家の電話番号は変えていなかった。失敗だった。

自宅の電話が鳴ったとき、誰がかけてきたのか彼にはわかっていた。鳴りやまない呼びだし音を四コールほどやり過ごし、オフィスの留守番電話が作動するのを待った。エイドリアーナがメッセージを残して電話を切るのに充分な時間をおいてから、マーカスは受話器をはずした。

明日サクラメントへ向かう前に、自宅の電話番号の変更手続きをしておこう。

8

「三十分の遅刻よ」玄関のドアを開けながらヘイリーは言った。

マーカスが肩をすくめた。「最後の会議が――」

「その続きは聞かなくてもわかるわ。長引いたんでしょう。なにか問題でも?」

「マネージャーたちでなんとかできる範囲内の問題だ。いい人材を雇っているからね。彼らに腕の見せどころを与えたようなものさ」

ヘイリーはマーカスの手をとって招き入れ、彼がなかに入ったところでドアを閉めた。そしてマーカスの腕に飛びこんだ。

「おっと」マーカスがうめいた。

ヘイリーは両腕を彼の首に巻きつけた。「七十キロの妊婦よ。すごい歓迎でしょう」

「キスをしてくれ」

言われたとおり、彼女はキスをした。長く、深いキスを。やがてマーカスが唇を離したが、顔の向きを変えただけだった。

とうとうヘイリーが身を引いた。「こんなことをしていたら、永遠に空港にたどり着けないわ」

「はじめたのはきみだ」

「そうね。思わず夢中になっちゃったの。どういうわけか、止められなくて。自分でもわからないんだけど」

マーカスが目を潤ませてヘイリーを見た。「うれしいよ。きみと一緒にいられて」

「ええ」ヘイリーはほほえんだ。「こうなることをいったい誰が予想したかしらね?」

「二度目のチャンスが来るなんて……」マーカスは戸惑っているようだった。彼女が思ってもみなかった表情を浮かべている。

「やっぱり」ヘイリーは言った。「奇跡が起きる季節なのよ」

「わあ」ディディは大喜びでくすくす笑っていた。「ジェームズ・ボンドの映画に出てくる飛行機みたい」

ジェット機の客室にはリビングルームのようにアームチェアとテーブルが備えつけてあり、移動中に〈カフェ・セントラル〉の重役たちが仕事をしたり、くつろいだりできるようになっていた。窓と窓のあいだの壁には一輪挿しまでとりつけられ、赤い薔薇《ばら》が飾られている。

ディディは目を輝かせて母親を見た。「マティーニを、軽くかきまぜたステアでなくシェイクで飲めるかも」

「その前に、きみが二十一歳だってことを証明してくれたらな」おじであるタナーがつぶやいた。

大人たちは笑い、ディディは映画が見られるかどうかを知りたがった。

「スクリーンはそこだよ」マーカスが天井を指さした。映画は、天井に収納されている四十五インチのスクリーンで見ることができるのだ。

乗務員はディディを席に案内してヘッドフォンを渡し、リモコンを差しだして映画のメニューの見方を教えた。全員がアームチェアに座り、離陸に備えてシートベルトを締めた。

飛行機が水平飛行に入るとすぐに、ディディは炭酸飲料を飲みながらクリスマスシーズンにちなんで選んだ、『サンタクローズ』を見はじめた。ヘッドフォンをつけ、アームチェアにゆったりともたれかかっている。

この旅におけるディディの唯一の不満は、飛行時間が短すぎるということだ。着陸までに映画が終わらなかったのだ。続きは帰りに見たらいいとマーカスは彼女に言った。

〈ハイシエラ〉と〈インプレサリオ〉は、ラスベガス大通りに向かい合うようにして立っていた。建物の五階にはガラス張りの通路が設けられ、ふたつの豪華なリゾート施設を結んでいる。〈ヘイリー〉は〈インプレサリオ〉のスイートルームを、ケリーとディディはその隣の部屋をとっていた。そして赤と金の絨毯《じゅうたん》が敷かれた廊下沿いのふたつ先が、タナーの部屋だ。

スイートルームに入るとヘイリーとマーカスは、金をあしらったベルベットのソファがあるリビングルームから、凝った彫刻のヘッドボードがついた巨大なベッドが鎮座するベッドルームまで、部屋から部屋へと歩きまわった。

マーカスが言った。「フランスの売春宿みたいだな?」

「テーマは〈ムーラン・ルージュ〉だそうよ。イメージが貧困ね」

「そうか。思いつくべきだったよ」

ヘイリーは一段高くなっている台座にあがり、ベッドに腰かけた。そのまま両手を頭のうしろで組み、色っぽい目つきでふざけて誘惑的なポーズをとった。「どう?」

「こんなセクシーな妊婦は見たことがない」

彼女は立ちあがるとバスルームを見に行った。そこは飾り気がなくシンプルで、現代的な設備が整えられていた。開放的なシャワールームの壁と床は、グレーがかった金色の石材でできている。御影《みかげ》石の洗面台にはシンクがふたつ備わっているし、バスタブは泳げそうなほど広かった。洗面台のそばのドアを開けると、身支度を整えるためのスペースがあり、広いクローゼットや、舞台用のメークアップライトつきドレッサー、床から天井まである巨大な鏡がしつらえられていた。

「これは全部が〈ブラボー・グループ〉の提供なの」ベッドルームに戻ってきたヘイリーがマーカスに説明した。「億万長者のブラボー家の話は、聞いたことがある？」彼女は台座にあがって、再びベッドに腰をおろした。「わたしのいとこなのよ」

マーカスがうなずいた。「ああ。かの有名なロサンゼルスの〈ブラボー・グループ〉のジョナス・ブラボーだね。たしか悪名高いブレイク・ブラボーは、彼のおじに――」

「ええ、そうよ。数年前、ジョナスはわたしの腹違いのきょうだいのひとり、アーロンと出会ったの。アーロンはそのときすでに〈ハイシエラ〉を経営していて、ジョナスは〈ハイシエラ〉を自分たちのグループに加えようと、資金を提供したわ。そして彼らは〈インプレサリオ〉の建設を決め、フレッチャー・ブラボーを連れてきた。わたしが聞いた話では、フレッチャーは当時、アトランティック・シティでカジノを経営していたんだけど、その時点では自分がわたしたちと同じ境遇だとは思わなかったんですって」

「わたしたち？　ブレイク・ブラボーの子供たちという意味かい？」

「ええ」

「今回は何人くらい来ているんだい？」

「だいたい五十人から百人ぐらいじゃないかしら。父の何人もいる妻のひとりである、ケイトリン・ブラボーがとりまとめてくれたの。義理の娘たちも協力したそうよ。アーロンはケイトリンの三人の息子のうちのひとりなの」

「アーロンというのは……」

「〈ハイシエラ〉の経営者」ヘイリーが笑った。「混乱するのも無理はないわ」

マーカスも台座にのぼり、ヘイリーを見おろした。「誰かが名札を配ってくれているといいんだが」

「悪くない考えね」ヘイリーは頭をうしろにそらして彼を見あげ、幸せな満足感が全身に広がっていくのを感じた。「うれしいわ。あなたがここにいてくれて」

マーカスはヘイリーの隣に座り、彼女の体に腕をまわした。「ぼくもだ」

ヘイリーは彼のたくましい肩に頭をのせた。「仕事は今日から休みをとったわ」

マーカスがヘイリーの体にまわした腕にそっと力をこめた。「そうしてくれると思っていたよ。ところで、ぼくが尋ねなかったことには気づいていたかな?」

「あなたは本当に節度をわきまえてきているわ」

「気づいてくれてうれしいよ」

ヘイリーはスイートルームの窓から見えるグレーがかった紫色に染まった山頂を見つめた。砂漠へと続く広大な町には夜のとばりがおり、今は陰っていた。「人生にはタイミングがあるのよね?」

マーカスがヘイリーの髪にキスをした。「ああ、そうだ」

その夜のディナーは、まさしくブラボーだらけだった。スピーチや、何度も乾杯の挨拶《あいさつ》が交わされるなか、子供たちがあたりを走りまわっていた。そしてホールの中央には、一族の要望で巨大なクリスマス・ツリーまであった。ツリーの下には、プレゼントが置かれている。

いざはじまってみると、幸運なことに、名札もちゃんと用意されていた。

振り向けばそこらじゅう初対面の親戚《しんせき》だらけで、ヘイリーでさえ全員を見分けるのは難しかった。彼女は自分の本当の父親が誰だかわかってからというもの、一族全員の関係を把握しようとしていた。ブレイクの妻たちや、腹違いのきょうだいたちが誰と結婚して子供が何人いるか、など進んで覚えた。

ディナーが終わると、ダーティー・サンタというゲームをするために全員が自分の椅子を持ってクリスマス・ツリーのまわりに集まった。名前を呼ばれた者はツリーの下からひとつプレゼントをもらってくるか、誰かがすでにとってきて中身を開けてしまったプレゼントを横どりすることができる。そして横どりされてしまった者はもう一度ツリーの下からプレゼントを選ぶ、というゲームだ。ブラボー一族は子供たちも含め、容赦なく親戚のプレゼントを奪った。

包みがひとつ残らず開けられた時点で、パーティはお開きとなった。スロットやゲームで運試しをしに行く者もいれば、子供たちを寝かせに部屋に戻る者もいた。

ヘイリーとマーカスがエレベーターを待っていると、タナーがやってきた。

「〈ハイシエラ〉の個室ラウンジで、みんなでテキサス・ホールデム・ポーカーをするんだ。マーカス、きみも来ないか?」そう言うと、タナーはヘイリーのほうを見て苦笑した。「男だけの集まりなんだ。タバコも吸うだろうし」

「かまわないわよ」ヘイリーは背中が痛くて疲れきっていた。「わたしはもう寝ようと思っているから。なにしろ、ふたり分寝ないといけないんだもの」彼女はマーカスの肩にそっと触れた。「いいから、楽しんできてね」

マーカスはヘイリーの手をとって近くに引き寄せ、その鼻先にキスをした。「ぼくにポーカーをさせたいのかい? 危険かもしれないぞ。きみのきょうだいには、ポーカーの全米チャンピオンがいるそうじゃないか」

「ケイドのことだな」タナーが口をはさんだ。「彼も来るぞ。でも、手加減するって約束していたよ」

「当然でしょう」ヘイリーは不満げに言った。「ふたりとも、財布の中身を考えるのよ」それから背伸びをして、マーカスにもう一度すばやくキスをした。「戦利品は持っていってあげるわ」ダーティー・サンタで最終的に手に入れたラインストーンつきのラスベガスTシャツと、ショットグラスのセットをマーカスから受けとる。「行ってらっしゃい。身ぐるみはがされないように気をつけて。あと、帰ってきたときは起こさないでね」

「さあ、行こう」タナーは来た道を早々に戻ろうとしている。

マーカスがためらった。「大丈夫かな？」

タナーがせきたてる。「本人が大丈夫だと言っているじゃないか。行くぞ」

ヘイリーは笑った。「さあ、行ってらっしゃい」

エレベーターが到着して扉が開くと、マーカスとタナーは足並みをそろえて乗りこんだ。

スイートルームの巨大なバスタブのそばに、ヘイリーは一糸まとわぬ姿で立っていた。バスタブのなかには階段があり、そのうえ、なにかあったらつかめるように手すりまでついている。ヘイリーは蛇口をひねってバスジェルを少し入れた。泡があがってくるのを待って、バスタブの縁に腰かける。

そして満足げな長いため息をついて、なめらかであたたかい湯に体を沈めた。二十一世紀の妊婦でよかったわ。家に山積みになっている育児書によると、昔は出産直前にバスタブに浸《つ》かると感染症を引き起こす可能性があると言われていたのだ。だが、今は違う。現代医学のおかげだ。

バスタブはよくできていて、リラックスして体を伸ばすにはぴったりだった。分厚いU字形のヘッドレストまであり、首と頭をのせることができた。ヘイリーはため息をついてうしろにもたれた。ブラクストン・ヒックスと呼ばれる軽い子宮収縮が起こって腹部が締めつけられたのだ。痛みはすぐに消えた。今日は一日じゅう、その繰り返しだった。この時期、ブラクストン・ヒックスが起こるのはごく普通のことだ。それは弱く不規則な子宮収縮で、出産直前の妊娠後期に起こりやすい症状なのだ。

でも、今夜は背中が本当に痛いわ。ヘイリーは背後に手をまわしてしばらくこすってみたが、痛みは少しも軽くならなかった。今日は少し無理をしたことはわかっている。朝六時に起きて、仕事を半日こなし、飛行機でここまで来て長い夜を過ごした……。

明日の朝はゆっくり寝て、のんびり過ごそう。ケイトリンたちが企画している集まりをいくつか欠席することになっても、それはそれでしかたがない。

ヘイリーはため息をついて目を閉じた。そして不快な収縮がまた起こると、低くうめいた。

ポーカーは真剣なカードゲームというより、ブラボー家の男たちの集まりといった雰囲気のものだった。五つあるテーブルは、すべてブラボー一族の人間で埋まっている。なかにはブラボー家の女性と結婚した男性も数人いた。ワイオミングのボー、フロリダのマック、カリフォルニアのローガン、テキサスで獣医をしているコール・ユマだ。

マーカスは、タナーと〈ハイシエラ〉を経営するアーロン、そしてブランドとブレットと同じテーブルだった。ブランドとブレットは、ニュー・ベツレヘム・フラットというカリフォルニア州北部の町に住む、チャスティティ・ブラボーの四人の息子のうちのふたりだ。

各テーブルには上質の葉巻と最高級のウィスキーが用意されていた。マーカスとヘイリーが結婚していないという噂《うわさ》はすでに全員が耳にしており、ヘイリーのおなかを見た男たちはふざけて、一刻も早く結婚しなくてはだめじゃないかとマーカスをからかった。マーカスは一族の男たちに、できるだけのことはすると誓った。そして彼はその勝負に勝ち、次の勝負も勝った。そのあとも勝ち続けた。

夜も更け、メンバーが減っていくとテーブルどうしを統合した。マーカスは誰よりも長くゲームに残ろうとした。だが最後には彼の札はエースとジャックになり、テキサスのテイト・ジャンクションから来たタッカー・ブラボーに負けてしまった。

今夜はここまでにして、部屋に戻ってヘイリーが待つ大きなベッドで眠ろう。

マーカスがそう思ったとき、タナーが声をかけてきた。「来いよ、マーカス。ブレットとブランドが〈フォーティーナイナー〉で待っている」

「それはバーかい？」

「もちろん」

マーカスは酒を飲まないので、バーに行くことにあまり魅力を感じなかった。「なぜふたりが待っているんだ？」

「きみがゲームに負けたらすぐに連れていくから、ぼくらでもうひと勝負しようと言ってあるんだ」

「それはまずいんじゃないかな。きみの妹を何時間もひとりきりにして……」

タナーが不満そうに言った。「本当に用心深いな。将来の義理の弟としては好ましいが」

「ありがとう。ぼくもそう思う」

タナーはマーカスの肩をぽんと叩《たた》いた。「ヘイリーなら、ぐっすり眠っているから大丈夫さ」

マーカスは、ヘイリーのガードを破ったら即座に結婚するつもりなので、未来の義兄と充実したひとときを過ごすのは悪いことではないだろうと考えた。それにタナーの言っていることはおそらく正しい。ヘイリーはもう眠っているだろう。寝ずに寂しい思いをしているわけもあるまい。

タナーが言った。「行こう。もう一杯ソーダが飲みたくてたまらないだろう?」

「だいたい二杯が限度だけどね。でも、今回はせっかくだから三杯目に挑戦してみるか」


泣きながらヘイリーは目覚めた。また父の夢を、というより、目の前に巨大な姿を現した、ブレイク・ブラボーの不気味な影の夢を見たのだ。

背中が痛い。最悪だわ。痛みが広がっている。まるで指先できつく体を包みこまれているみたいだ。今や痛みは腹部まで圧迫している。

眠りの世界を抜けだして意識がはっきりしてくると、ヘイリーはうめき声をもらした。

強い収縮に腹部を締めつけられ、さらに大きな声を出した。

痛みが広がっていく。母親教室で習ったとおりに小刻みに息を吸うと、ようやく痛みは去った。

今のはいったい……？

はっとして、上掛けをめくった。ベッドはびしょ濡《ぬ》れだった。

間違いない。破水だ。

その兆候については、事前に調べていたのだ。背中の痛みが体の前のほうへまわってきた。長く、深く、さらに痛みの激しい収縮が起きた。羊水でシーツが濡れていく。

陣痛がはじまったのだ。

9

マーカスがソーダ水を置いた瞬間、買い換えたばかりの携帯情報端末《PDA》が振動しはじめた。緊張が走る。

エイドリアーナか?

どうして彼女はほうっておいてくれないのだろう?

だが考えてみると、この新しいPDAの電話番号は、ヘイリーと秘書のジョイスしか知らないのだ。マーカスと連絡をとりたい者はまずジョイスに電話をし、それを彼女がマーカスに伝えることになっている。ジョイス・ボウルズは厳しくて賢い女性だ。その彼女をごまかせる者はいない。

ということは、エイドリアーナがうまく言っておだてても、ジョイスからこの番号を聞きだすことは不可能なのだ。

マーカスはPDAを手にとり画面を確認した。ヘイリーからだとわかると、思わず笑みがこぼれる。やはりひとりでは寂しいのだろう。

テーブルのメンバーに合図して、わずかに顔をそむけるようにして電話に出た。「そろそろ帰ろうと思っていたところなんだ」

「ちょうどよかった。じつはちょっと困ったことがあるの」

ヘイリーの声はとても穏やかだった。しかしマーカスは息が苦しくなり、胃を締めつけられているような気がした。「困ったこと?」

「赤ちゃんが生まれそうなの」

頭が真っ白になった。必死で考えようとする。赤ん坊が生まれそう? そんなことがあり得るのか? どうしてそんなことに?「ええと、今?」

「そうよ、マーカス。今」

マーカスはわけのわからないことを大声でしゃべりながら立ちあがろうとして、テーブルにぶつかった。飲み物がひっくり返り、金の鍋《なべ》とつるはしのモザイク模様が濡《ぬ》れる。ほかの三人が椅子をうしろへ押しやり、すばやく立ちあがった。

「おい」

「気をつけろよ」

「マーカス、なにをしているんだ」

テーブルを拭《ふ》くものをとりにブランドがバーへ向かう。それと同時に、カジノのどこかで誰かが大あたりを出したらしく口笛と鐘の音が響いた。

「マーカス?」ヘイリーがきいてきた。その口調から、彼女が心配していることがわかった。ぼくのことを。信じられない。彼女はこのぼくの心配をしてくれているのだ。「マーカス、大丈夫?」

「ちょっと待ってくれ」マーカスは言った。「ぼくは大丈夫だから」そしてPDAを口から離し、ほかの三人に告げた。「ヘイリーが……」彼は信じられない言葉を口にしなければならなかった。「赤ん坊が生まれるみたいなんだ」

またなにかヘイリーが話している。マーカスはその声に集中しようとした。「お医者さまを呼べるかしら?」

「ああ、もちろん。大丈夫だ」

ブランドが大きなタオルを持ってきてこぼれた飲み物を拭いていると、なぜかブレットが言った。「様子を見に行こう」

マーカスは口をぽかんと開けて彼を見つめた。様子を見に行くだなんて、ブレット・ブラボーはいったいなにを考えているんだ?

続いてブランドが言った。「ぼくはアンジーを呼んでくる。それからおまえの鞄《かばん》と――」

「頼む」ブレットはマーカスに向き直ってから言った。「ヘイリーと話をさせてくれ。どんな状態か知りたい」

マーカスはさらに呆然《ぼうぜん》とした。さっぱりわけがわからない。

いぶかるヘイリーの声が聞こえてきた。「マーカス？　どうしたの？」

ブランドもマーカスに話しかけた。「ルームナンバーを教えてくれ。きみたちは〈ハイシエラ〉に部屋をとっているのかい？」

そのときタナーが、マーカスがなにを不審がっているのか察して笑いだした。「大丈夫だよ、マーカス。ブレットは医者だ。アンジーは彼の妻で、看護師だ」

マーカスは反芻《はんすう》した。「医者。看護師。そうだった」

「聞こえたわ」マーカスの耳元でヘイリーの声がした。「ちょうどよかった。ブレットに急いで来てほしいって伝えて――」うめき声で途切れた。

「ヘイリー、大丈夫か。ヘイリー……」

あえぎながらヘイリーがうめいた。「大丈夫よ。大丈夫……」

マーカスにはそうは聞こえなかった。「今すぐ行く。ブレットも一緒だ」マーカスの頭のなかはすっかり混乱していた。とり乱してあたりを見まわし、出口を探す。どっちに行けばエレベーターで、どっちに行けば〈インプレサリオ〉に戻る連絡通路なんだ？　くそっ。バーに来たときはわかっていたのに。

タナーがマーカスに代わってブランドの質問に答えた。「ふたりの部屋は〈インプレサリオ〉だ」

ブランドは走っていってしまった。鐘や口笛は鳴りやんでいた。

「行こう」ブレットが言った。

マーカスは電話の向こうであえぎ、うめいているヘイリーに声をかけた。「待っていてくれ。今、行くから」ブレットとタナーがマーカスの両側に並んで道案内をしてくれた。マーカスは、ブレットが手を差しだしたので彼にPDAを渡した。

ありがたいことに、ふたりは道順を知っていた。


タナーをリビングルームに残してマーカスとブレットがベッドルームに入っていくと、ヘイリーはホテルの赤いローブをまとい、ベッドの下の台座にうずくまり、膝を立ててうめき声をあげていた。

マーカスはヘイリーの傍らに行ってしゃがみ、彼女の手をとった。ヘイリーは激しく泣き叫ぶようにうめき続けていた。そして命綱でも握るように彼の指を握り返してくる。

「ああ、ダーリン……」マーカスはつぶやいた。どうすればいいかわからなかった。

ブレットはシーツに残る破水の痕跡《こんせき》をチェックした。「出産予定日は？」マーカスはヘイリーをなだめるのに必死だったので、ブレットはもう一度きき直した。「マーカス、予定日を知っているかい？」

「ええと、一月八日だ」

「三週間を切っているな。三十六週も過ぎている」

「というと？」

「胎児は充分に成長していて、子宮の外でも生きていける準備ができているということだ。おそらくこれは、ほんの少し早いだけで普通のことだよ」

「問題ないのか？」

「ああ。まったく問題ない。じゃあ、すぐに戻るから」そう判断をくだすと、ブレットはリビングルームに向かった。

なんだって？　医者がどこへ行くんだ？　マーカスは口を開け、ブレットのいるべき場所に、ヘイリーのそばに、戻ってきてくれと言おうとした。だが、なにも言わずに口を閉じた。必要以上にヘイリーを動揺させたくない。

「なにも心配いらないよ」彼はヘイリーに話しかけた。それが本当かどうかはわからなかったが。「ブレットが言うのを聞いただろう？　ちょっと早いだけで、普通の出産だそうだ。絶対に大丈夫。赤ん坊もきみも大丈夫だ」

マーカスは長々と話し続けたが、自分でもなにを言っているのかよくわかっていなかった。ヘイリーもちゃんと聞いているようには見えなかったが、彼の手はしっかりと握りしめていた。まるで手を放したらすべてが終わってしまうとでもいうように。

数秒後、ブレットがリビングルームから戻ってきた。「タナーに救急車を呼んでもらったよ」

「救急車? 救急車が必要なのか? さっききみは――」

「万が一に備えてだ」ブレットは急いで安心させるように言った。「なにも心配することはない。今のヘイリーの状態を見る限り、病院へ連れていくには救急車がいちばん安全なんだ。搬送中も救命士たちがちゃんと面倒を見てくれる」

「わかった」マーカスはこたえた。しかし、わかってなどいなかった。この状況下では、大丈夫なことなどひとつもない。

「もう少し彼女と一緒にいてあげてくれ」ブレットが言った。それはかつてマーカスがしたようにヘイリーを置き去りにするんじゃないかと言われているようにマーカスは感じた。ブレットは続けた。「ぼくは手を洗浄してくるよ。そうすれば出産の進行具合も確認できるだろう」

「わかった。行ってきてくれ」ブレットがバスルームに姿を消した。ヘイリーが長いため息をつく。

「マーカス?」息を切らしながら、穏やかな声で彼女が言った。

「ここにいるよ」ヘイリーの髪は汗びっしょりで、頬に張りついていた。マーカスはその髪をうしろへ撫《な》でつけた。

「少し……早いわね」彼女が言った。「でも、早すぎるわけじゃないわ。だから怖がらないで。大丈夫だと思うから」そして笑ってみせた。信じられない。こんなときに笑いかけてくるなんて。

マーカスがこの場にふさわしい優しく勇気づけるような言葉を思いつく前に、ブレットが分厚いタオルを山ほど持って戻ってきた。「濡れたシーツをはがして、これを敷こう」

そのときのヘイリーは落ち着いているように見えたので、マーカスは思いきって彼女が握りしめていた指をほどき、急いでベッドのシーツをはがしにかかった。シーツと毛布をどかし、そこにタオルを広げた。

「これでいい」ブレットが言った。「ヘイリー、ベッドにあがって端のほうに座ってくれ」

マーカスはヘイリーに手を貸して、ベッドの上にあがらせた。そしてブレットの診察が行われた。ブレットは陣痛の間隔がどのくらいか尋ね、一連の専門用語をすらすらと述べた。ヘイリーは理解しているようだった。

「なにを言っているんだ」マーカスが口をはさんだ。それに驚いたかのようにヘイリーがたじろいだので、彼は努めて理性的な口調で言った。「ヘイリーは大丈夫なのか？　赤ん坊は？」

自信にあふれた笑みをブレットが浮かべた。「すべて正常だ。母子ともに大丈夫だよ」

その言葉と同時に、ヘイリーがまたうめきはじめた。彼女はベッドを滑りおり、台座に戻った。

「ちょっと待って……」マーカスはヘイリーを止めようとした。

ブレットがそれをさえぎった。「いいんだ。彼女が楽なようにさせてあげよう。大丈夫だから。どうすればいいか、体がわかっているんだ」

ヘイリーは台座の上でかがみこみ、膝を広げてうめき声をあげている。

ブレットが話しかける。「ゆっくりと息をするんだ。いきまないで。いいかい、ゆっくりだ。まだ……」

そのとき、ジーンズに緑のパーカーを着た美しい黒髪の女性がリビングルームから現れ、穏やかに言った。「こんばんは」女性は黒い鞄を床に置くと、バスルームへ向かった。

マーカスは頭のなかで整理した。アンジーだ。ブレットの妻で、看護師の。

バスルームから水音が聞こえてきたが、すぐにヘイリーの大きなうめき声にかき消された。

アンジーが再び姿を現し、ヘイリーに近づいてくるとブレットはうしろにさがった。

「アンジー」なんとかうめき声の合間にヘイリーは話そうとしていた。「ありがとう……来てくれて……」

「お役に立ててうれしいわ」

ヘイリーが手を伸ばすと、アンジーはその手をとった。今やヘイリーの手は片方をマーカスが、もう一方はアンジーが握っていた。アンジーが、浅く息をするようヘイリーに言った。まだいきまないようにと。

またブレットがリビングルームへ姿を消した。

マーカスはその様子を見ながら顔をしかめた。

アンジーが説明した。「救急車が来たかどうか確かめに行ったのよ」

これ以上ないほどゆっくりと時間が過ぎていった。ヘイリーは、穏やかでうつらうつらしているようなときもあったが、そうかと思うと、うめき声をあげて痛みに苦しんだ。ヘイリーをなだめたり、よく頑張っているとほめたりしながら、アンジーはずっと一緒にいてくれた。そんなアンジーの言葉に、マーカスは口では言い表せないほど感謝した。と同時に、ヘイリーは頑張っているのではない、苦しんでいるのだ、と叫びたい気持ちになった。彼女が苦悶《くもん》にあえいでいる姿を見ていることしかできないのは、いやでしかたなかった。ヘイリーを助けてやりたい。

だが、マーカスは無力だった。できることといえば、ただそばにいて手を握っているだけだ……。

子供なんて欲しくないとずっと思っていたぼくに、ヘイリーはこの一週間で、子供を持つのはいいことだと思わせることに成功していた。

しかし苦しんでいる彼女を見ていると、子供を持つということはやはり自然が考えだした最悪なアイデアに思えてならなかった。

けれどもマーカスはそれを口にするのはやめておいた。もう手遅れだ。今さらあとには引けない。ぼくには、ヘイリーが汗びっしょりになってうめきながら、ぼくたちの赤ん坊をこの世に産みだそうとしているのを、ただなすすべもなくそばで見守っていることしかできないのだ。

永遠とも思えるような時間が過ぎてようやく、ストレッチャーと医療用具一式を持ったジャンプスーツ姿のふたりの男性が現れた。彼らはヘイリーを診察し、いつのまにかベッドルームに戻ってきていたブレットに様子を尋ねた。それからヘイリーがストレッチャーにのるのに手を貸すと、毛布をかけて彼女を運びだしていった。

マーカスはそのあとに続こうとした。

しかし救命士にさえぎられた。「車内は狭いので遠慮してください」

「冗談じゃない」ぼくにできることがそばにいることだけなら、誰にもその邪魔をさせるつもりはない。「ぼくも一緒に行く」

「お願い」ヘイリーも訴えた。「彼も一緒に……」

救命士が反論しなかったので、ブレットが言った。「ヘイリーのハンドバッグを持っていくんだ。身分証明書と、保険のデータ――」

「リビングルームのテーブルの上よ」あえぎながらヘイリーが言った。

「ぼくたちもあとから行く」ブレットが約束した。

マーカスはハンドバッグをつかんで部屋を出た。

救命士の言うとおり、救急車のなかは缶詰の鰯《いわし》になったような気がするほど窮屈だった。マーカスは運転席のうしろに体を押しつけ、病院に着くまでの短くも不快な時間を、極力救命士の邪魔にならないようにして過ごした。

病院に着くと、あらゆる手続きがマーカスを待っていた。病院のスタッフは、どんな意味があるのかさっぱりわからない準備のためにヘイリーを連れていった。マーカスは彼女をひとりで連れていかないでくれと反論しようとしたが、ほんの数分しかかからないし、あなたもあとで合流できるからと、ヘイリーになだめられた。

彼はすべての書類の記入を終え、待った。終わりのない、苦しい数分間を。やがてターとブレットとアンジーが到着して、マーカスと一緒に座った。いや、彼らは座っていたが、マーカスは歩きまわっていた。

ぼくは、数々の修羅場をくぐり抜けて生きてきたと思っていた。だが、なんと間違っていたことか。ヘイリーのもとに通されるのを待つ時間――これほどの地獄はかつてなかった。ヘイリーの無事を祈り、彼女がぼくを必要としているときに離れ離れにされて、なにか恐ろしいことが起こっているんじゃないかと思いながら待っているだけなんて……。

ようやく病院のスタッフが現れ、マーカスに白衣を渡し、抗菌石鹸《せっけん》で手を洗う場所まで案内された。

そしてやっとヘイリーのそばに連れていってくれた。ヘイリーがマーカスに手を伸ばす。

それからの時間は夢のように過ぎた。ひょっとすると悪夢かもしれない。

看護師と医師が分娩室《ぶんべん》を出たり入ったりしている。ヘイリーは苦しんでいた。マーカスは彼女の傍らで、できる限り落ち着かせ、励ました。

とうとう医師から、いきんでもいいと許可が出た。

そこからの展開は速かった。激しい痛みをこらえてヘイリーはうめき声をあげ、汗をびっしょりかいている。そしてついに奇跡が起きた。

医師が言った。「頭が見えたぞ。そうだ。うまいぞ。いきんで、いきんで」

看護師がさらに声をかける。「肩が出てきたわ」

あとはあっというまだった。まさに一瞬のできごとだ。

マーカスは赤ん坊の泣き声を聞いた。

十二月十六日土曜日、午前五時十七分、医師が告げた。「女の子だ」

10

赤ん坊は、マーカスの母親の名前をとってジェニーと名づけられた。ジェニーの頭のてっぺんにはひとふさの黒髪が生えていた。ヘイリーによると、生まれたばかりのうちはブルーの瞳でも、いずれはグリーンに変わるらしい。

マーカスがヘイリーと赤ん坊と同じ部屋に泊まれるようにと、看護師が折りたたみ式のベッドを用意してくれた。その日は一日、三人で休養をとった。新しく母となったヘイリーがゆっくり休んで回復できるよう、面会者も限られた。

午後になるとケリーとタナーが見舞いに訪れた。〈インプレサリオ〉からマーカスとヘイリーの荷物を持ってきてくれたのだ。新品のチャイルドシートと、必需品が詰まったおむつ用バッグも一緒に。

「チャイルドシートはわたしからのプレゼントよ。かわいい姪《めい》が退院するとき、安全に車に乗れるようにね」ケリーは言った。「おむつ用バッグと、その中身はタナーからよ」

「嘘《うそ》ばかり言わないでくれ」タナーが文句を言った。「確かに支払いはぼくがしたが、買い物に行って品物を選んだのはケリーじゃないか」

「ふたりともありがとう」ヘイリーが言った。「すごく助かるわ」

それからケリーは赤ん坊を抱き、タナーがパーティの出席者全員がおめでとうと言っていたことを伝えた。集まった大量の出産祝いは、ケイトリンがサクラメントのヘイリーの自宅まで直接送る手続きをしてくれたらしい。

「家に帰ったら、お礼状を書かなくちゃ」ヘイリーが言った。「だけど、その前に伝えてもらえないかしら。わたしが一族のみんなの心遣いに、心から感謝しているって」

「伝えるよ」タナーは約束した。

「みんな、この小さなお嬢さんのことを同窓会ベビーって呼んでいるのよ」ケリーが言った。「ここ数年のあいだに、新しいブラボー家の一員が次々に誕生しているの。家族の同窓会のときに生まれるなんて、まさに完璧《かんぺき》なタイミングじゃない？」

ケリーとタナーが帰ったあと、ヘイリーはついにこんな大家族を手に入れることができて本当にうれしいと語った。「ずっときょうだいが欲しかったの。大家族がわたしの夢だった。それが今では、兄と、腹違いのきょうだいが国じゅうにいて、そのうえ親友でもある姉もいるわ」

マーカスはヘイリーをからかわずにはいられなかった。「ブラボー一族には危険がつきまとうけどね」

「まさか」

「本当さ。ポーカーのテーブルで彼らを見ていてごらん。いかさまがあとを絶たないぞ」

ヘイリーは信じなかった。「わかっているのよ。あなただって引けをとらなかったことは」

「そんなことはない。おかげで無一文にされたよ」

ヘイリーのベッドの横に整えられた新生児用のベッドで、ジェニーがぐずりはじめた。ヘイリーは娘を抱きあげ、乳房をあてがった。ジェニーがみごとにそれをとらえる。マーカスは母と子を見つめた。

ぼくの子供。

ぼくは父親になったのだ。およそあり得そうもないことだが。

そして父親としての責任が生まれた。それはなんとなく正しいことのような気がした。まるで今までずっと待ち望んでいたかのようだ。

この特別な女性と出会うことを。

このすばらしい赤ん坊の父親となることを。

授乳を終え、ヘイリーがマーカスに赤ん坊を渡した。マーカスは注意深く娘を抱いた。腕のなかの赤ん坊は羽根のように軽かった。「なんて小さいんだ……」

「今のうちだけよ。ケリーが言っていたけど、あっというまに大きくなるんですって。気がついたら、ボーイフレンドを撃退しなければならなくなっているかもしれないわよ」

マーカスが視線をあげると、ふたりの目が合った。ヘイリーの笑顔に胸が苦しくなる。彼は脅かすようににらみつけた。「ボーイフレンド? やめてくれ。あり得ないよ、ぼくのかわいい娘に限って」

「娘を持つ父親は誰でもそう言うんだわ。少なくとも、愛情のある父親は……」突然ヘイリーの目が悲しみに満ちた。一度も会えなかった父親のことを考えているのだろう。

「ぼくがいるじゃないか」誓うようにマーカスは言った。「たとえなにがあろうと、ぼくはジェニーにとって、できる限り最高の父親になってみせる。そしてもし、きみにその覚悟ができていて、イエスと言ってくれるなら、ぼくはきみの本当の夫になる」

ヘイリーはなにも言わずに、ただほほえんだだけだった。輝くような穏やかなほほえみ――それで充分だった。今は。

再び赤ん坊を見てマーカスはつぶやいた。「きれいだ。本当にジェニーはきれいだ……」

ヘイリーが笑った。「マーカス。この子はまだ生まれたばかりなのよ。髪の毛だって少ししか生えていないし」

マーカスは腕のなかの天使に向かって言った。「あんな言葉は聞くんじゃないぞ、ジェニー・リード。きみはすてきな女の子だ。信じられないくらいかわいい。本当にすばらしいよ」

「信じられないくらい、すばらしい。その点は賛成ね」いとおしそうにヘイリーはうなずいた。

ジェニーが小さな口をすぼめてあくびをした。マーカスは彼女を抱いて、ただくしゃくしゃの小さな顔を見ているだけでは満足できなくなっていた。「ぼくもきょうだいが欲しかった」彼は静かに言った。「ぼくの母親は、死んだとき妊娠していたんだ」

「初めて聞いたわ」ヘイリーの声は優しかった。あたたかく、すべてを受け入れるような声だ。

マーカスはヘイリーを見た。彼女のやわらかそうな赤毛はいつも炎のように鮮やかに輝き、ゆるく巻いて肩の上に流れ落ちていた。疲労のせいで、目の下にはくまができている。それでもヘイリーは美しかった。ジェニーと同じくらいに。

マーカスは話を続けた。「ぼくの父は酔っ払って、階段から母を突き落としたんだ。幅が広くてゆるやかにカーブした、長い階段だった。あの日、父が母を怒鳴りつける声を聞いて、ぼくはこっそり部屋を抜けだしていたんだ。そしてそれが起こったときは、踊り場の端の暗闇《くらやみ》でしゃがみこんでいた。ふたりともぼくがいることには気づいていなかったよ。そのとき母は……よくわからないけど、少なくとも妊娠七、八カ月ぐらいにはなっていたと思う。ぼくの手を大きなおなかにのせて、あなたの弟か妹がここにいるのよ、と話してくれたことがある」

「想像を絶する恐ろしさだったでしょうね」

「でも、ぼくは生きてきた。母の気持ちを考えてもみてくれ。この世に生まれることのなかった、なんの罪もない赤ん坊のことを。ぼくは父が母を押したのを覚えている。母は突き飛ばされて悲鳴をあげた。そして壁にぶつかって跳ね返り、階段を転がり落ちていったんだ。いちばん下まで落ちると、そこに横たわったまま動かなくなった。六歳だったぼくは、手で口をしっかりと押さえて、叫び声をあげないようにしていた。もし見ていたことを知られたら、父はぼくを殺すに違いないとわかっていたからね。あとになって、ぼくはベビーシッターに話したんだ。彼女はぼくに、そんなことは起こらなかった、それは母に会いたくて見てしまった、ただの悪い夢なんだと言った。ぼくはその言葉を信じたかった。だから少なくともしばらくは、信じているふりをしたよ。ただの悪夢だったんだって」マーカスは目を閉じて、低い声で悪態をついた。彼の脳裏には、酒のせいで顔がむくみ、血走った白目が黄色くなった父の姿が今でも焼きついている。「十歳ぐらいになったとき、ぼくは父に彼がしたことを突きつけたんだ。そうしたら父にひどく殴られた。そして命が惜しければ、二度とそんな嘘はつかないほうがいいと言われたんだ」

「マーカス……かわいそうに」

「父はひどい男だった」

「わかるわ。わたしの父もそうだったから」

「ああ」マーカスはうなずき、われに返った。「こんな話をきみにしたなんて、信じられないよ」

「うれしいわ、話してくれて。わたしをそこまで信頼してくれたということですもの」

ジェニーを抱いたまま、彼はベッドの端に腰かけた。「きみのためならなんでもするよ、ヘイリー」そして赤ん坊を見た。「それからジェニーのためにも」

「マーカス」ヘイリーは手を伸ばしてマーカスの頬に触れ、穏やかに言った。「信じているわ」

変化に富んだ彼女の瞳は今は明るいはしばみ色をして、星のように輝いていた。

マーカスはヘイリーのほうへ体をかがめた。腕のなかの赤ん坊は動いたりため息をついたりしたが、目を覚ますことはなかった。「どんなことでもだよ……」

ヘイリーの甘い唇に、マーカスはキスをした。とても優しく。慎重に。マーカスがそっと前後に唇を動かすと、ヘイリーはため息をついた。

彼が体を離したとき、ヘイリーはすでに枕《まくら》にもたれて目を閉じていた。マーカスは赤ん坊を抱いたまま、眠りについたヘイリーの顔をじっと見つめた。

執拗《しつよう》な罪悪感が静かに忍び寄ってくる。今、ぼくは彼女の信頼を得ることができた。ヘイリーは再びぼくのことを信じてくれたのだ。ぼくたちふたりとジェニーが分かち合うものを。ぼくが約束を守って真実を話すという正直さを、彼女は信じている。

だが、ぼくは正直ではない。ただひとつ、エイドリアーナに関しては。

エイドリアーナが連絡してきたことを、ヘイリーにも言ったほうがいいのはわかっている。

ぼくを捨てて駆け落ちした恋人と別れたこと、またぼくのもとへ戻りたいと言っていること、簡単に捨ててしまったものをまたとり戻せると思っていること、彼女とぼくが永遠に結ばれていると信じていることを。

エイドリアーナが求めて信じていることと、ぼくにはなんの関係もないことを話さなければ。

ぼくはもう彼女のことも、彼女から与えられた残酷な愛情ものり越えたのだ。かつてはエイドリアーナが世界のすべてだったが、今やぼくの人生や心のなかに、彼女が入りこむ余地はない。

ぼくには新しい世界がある。もっとすばらしい世界が。ぼくがヘイリーとジェニーと共有しているこの世界は、なにものにも代えられない。

ヘイリーが身動きしてため息をついた。マーカスの腕のなかの赤ん坊も、母親と目に見えないきずなで結びついているかのように、体を動かした。ジェニーは小さな弱々しい泣き声をもらし、かわいらしい鼻にしわを寄せ、いっそう深い眠りに落ちていった。ヘイリーも同じように眠っていた。

マーカスは慎重に立ちあがり、赤ん坊を新生児用のベッドに寝かせた。そして靴を脱いで折りたたみ式のベッドにもぐりこむと手足を伸ばし、目を閉じて罪悪感と不安を消し去ろうとした。

それはなかなか消え去ってくれなかったが、疲れきっていた彼はあっというまにふたりと同じように眠ってしまった。

ぐずりはじめたジェニーの声でマーカスは目を覚ました。ヘイリーが授乳していた。だが彼女の説明によると、出産後すぐに母乳が出るわけではないらしい。それでも赤ん坊は母親の乳房を口に含んで、病気から身を守る免疫力をつけるための初乳という特別な乳を飲まなくてはならないのだと、ヘイリーが言っていた。それによって消化器官をきれいにし、本物の食べ物に備えて準備をするのだそうだ。

マーカスにはちんぷんかんぷんな話ばかりだった。だがジェニーのためになるのなら、どんなことでも大賛成だった。

ヘイリーと赤ん坊の定期健診をしに、看護師が病室に入ってきた。マーカスは邪魔にならないようカフェテリアへ行き、コーヒーを飲んだ。そして、病室の外にいる今のうちに携帯情報端末《PDA》の電源を入れて急いで処理しなければならないメッセージが入っていないかどうか確かめようと思った。

しかしポケットからPDAをとりだしたものの電源を入れないまま、また元に戻した。今日と明日は、ヘイリーとジェニーのために過ごそう。〈カフェ・セントラル〉は、ぼくがいなくても月曜日までならなんとかなるだろう。

もしエイドリアーナからのメッセージをジョイスがあずかっているとしたら、むしろ今は聞き逃したいぐらいだ。

ヘイリーの分と一緒に運んでもらった夕食を食べ終えると、ふたりはテレビを見ながら眠ってしまった。二時間後、ジェニーが泣きだし、授乳とおむつの交換がまた繰り返された。

翌朝の朝食後に医師の診察を受け、ヘイリーとジェニーに退院の許可が出た。

「家がサクラメントなんです」ヘイリーが医師に言った。「飛行機に乗っても大丈夫でしょうか?」

マーカスは、自分の会社のジェット機なので快適な旅ができると説明した。

「そういうことなら」医師は答えた。「短時間のフライトでストレスも最小限ですむなら、まったく問題ないでしょう」

医師が退室するとすぐに、ヘイリーはシャワーを浴びたいと言った。

マーカスは顎の無精ひげをこすりながらうなずいた。「同感だ」

だらりと垂れさがった髪をヘイリーは撫《な》でた。「わたしたち、かなりだらしない格好をしているわね」

「先に入るかい？」

「ぜひ」

それからマーカスがバスルームまで旅行鞄《かばん》を運んで、手を貸そうとしてそばに近寄ると、ヘイリーは自力で行くと言い張った。ところが、バスルームのドアまではたどり着いたものの、彼女はぐったりとそこにもたれかかった。

「なんてことかしら。だめだわ」

「二日もすれば、元気になるさ」

「いかにも男性らしい発言ね」

「それより、本当に手を貸さなくていいのかい？　背中を洗ってあげるのに」

「大丈夫よ。ありがとう」ヘイリーはタイル張りのバスルームに向かったと思うと急に振り向き、病院のガウンのあいだから誘惑するようにのぞく彼女のヒップを見つめているマーカスの目をとらえた。「それはお断りよ」

「いいじゃないか。夢ぐらい見させてくれ」

「そうね。確かに夢は必要だわ。だって、わたしはもう二度とセックスをしないんだから」

マーカスは笑った。

ヘイリーがゆっくりとぎこちない動きで向き直り、マーカスのほうへ歩いてきた。そしてそばまで来ると、彼の胸に両手を置いた。「そんなふうに笑ってくれてうれしいわ」

「どんなふうに？」

「幸せな人みたいに」

「ぼくは幸せだよ」嘘であるわけがない。

「あなたが幸せだとうれしいの」

「きみが幸せにしてくれるんだ。それに、なんだかキスをしてほしいみたいだけど」

「あら。どうしてわかったの？　そのとおりよ」

「でも、待ってくれよ。もう二度とセックスはしないと言ったばかりだと思うが」

「自分の立場を考え直すように、わたしを説得してくれないかしら。勇気を与えてほしいの。今すぐに」

マーカスは唇でヘイリーの唇をかすめた。「こんなふうに？」

「ええ。完璧だわ。もっとしてちょうだい」

彼はヘイリーをそっと抱きしめた。かろうじて抱擁といえる程度の力で。そしてもう一度キスをした。最初のキスよりは少し長かったが、まだ慎みのあるキスだった。

マーカスが顔をあげると、ヘイリーは言った。「ほら、わかったでしょう？　これがわたしの欲しかったものよ」

「勇気のことかい？」

「そうよ。勇気が必要だったの。お願い、もう一度キスをして」ヘイリーが唇を差しだした。

マーカスは再び唇を重ねた。約束のキスだ。優しくて甘く、かつ少し刺激的なキス。

彼が顔をあげたとき、ヘイリーが言った。「そうよ。まさにわたしが求めていたものだわ」

「きみのためなら、なんでもかなえてあげるよ」

物言いたげにヘイリーは笑った。「子供が生まれてわたしたちは三人になったから、ふたりで過ごす二週間はここまでね」

「すべて思いどおりにはいかないさ。ジェニーにはそれだけの価値がある」

「あの子が生まれて、まだたったの二日よ。なにもかもが新しくて、今までとは違うわ。育児は本当にやりがいがあるはずよ。赤ちゃんはストレスと変化をもたらしてくれる。それから睡眠不足も」

「ぼくも育児を手伝うよ」

「それは難しいんじゃないかしら。あなたはシアトルで、ジェニーとわたしはサクラメント――」

マーカスは思いきって提案した。「シアトルに戻ってこないか？　うまくいくかどうか試してみるんだ」

「考えてみるわ」

彼はヘイリーの肩をつかんだ。「本当だね」

「ええ。でも、もしわたしがシアトルに戻っても、どうなるかはわかっているじゃない。あなたは今までどおり、仕事に埋もれるんだわ。結局、おむつを換えたり、午前二時に赤ちゃんを抱っこして揺らすような時間はないのよ」

「時間は作るよ。見ていてくれ」

ヘイリーは横目でマーカスを見た。「一生懸命働くあなたを責めているわけじゃないの。だって仕事はあなたの生きがいであり、喜びの源なんだから」

「ああ。だけど、そろそろぼくは人に任せることを学ぶべきなんだ。会社のスタッフは、もっと責任のある仕事をしたいと思っている。この一週間でそれがよくわかった」

「マーカス、あなたが本当に育児に参加したがっているように見えてきたわ」

「それが事実なんだから当然さ」

「ジェニーとわたしにも寛大になってくれようとしているみたい」

「そうするつもりだからね」

「じゃあ、ひとつ質問していいかしら？」

「いいよ」

「わたしと結婚してくれる?」

11

最初、マーカスは聞き違えたのだと思った。驚きのあまり、息が詰まる。「えっ？」

ヘイリーが目を閉じて低い声で言った。「気が変わったのね。やっぱりわたしとは結婚したくないって気づいたんでしょう？　またノーと言うんだわ。七カ月前にそうしたみたいに……」

マーカスはくしゃくしゃになった彼女の顔を見た。ジェニーが顔をくしゃくしゃにしたときとよく似ていた。「ヘイリー」

目をかたくつぶったまま、ヘイリーが肩をすぼめた。「なに？」

「ぼくを見るんだ」

「いやよ。だって……」

マーカスは指先でヘイリーの顎の下に触れた。「ほら。怖がらないで、目を開けて」

「ノーの返事なんて聞きたくないわ」

「ヘイリー……」

ようやく彼女が片目だけうっすらと開けた。「なにかしら？」

「ほら」

「わかったわ。あなたが断るところを見せたいんでしょう」とうとう両目を開けた。「それで？」

「イエスだ。もちろん結婚するよ」

ヘイリーが息をのみ、顔をしかめた。「もう一回言ってちょうだい。イエスの部分だけ。それで充分だから」

「イエス」

「ああ、マーカス！」笑顔になったヘイリーは彼の首に腕をまわした。疲れた体がその急な動作に耐えられたのが不思議だった。「さあ、キスをして」

マーカスはそれに従った。今度はとても長く、深いキスになった。

やがて顔をあげると、彼は尋ねた。「このラスベガスで結婚式を挙げたらどうかな？今日にでも」

ヘイリーが目をぱちくりさせた。「今日？　でも、今日サクラメントに帰るのよ」

「そうだよ。だから？」

「たった一日では、そんなにできないわ。だって、昨日赤ちゃんを産んだばかりなんだから」

「ジェット機ならぼくらの都合に合わせられるから、なんの問題もない。それに心配しないでくれ。きみを治安判事の前に立たせるつもりはないよ」

「よかった。服を着替えて靴を履く気力もないもの」

「こういうのはどうだい？　まず〈インプレサリオ〉に戻ってすばらしく広いスイートルームを借りる。牧師か治安判事の手配をして、結婚の許可をもらう。それだけだ。きっとケイトリンやほかの人たちが、必要なものをそろえるのに協力してくれる。きみはベッドのなかで結婚できるんだ」

　ヘイリーの顔に笑みがはじけた。「すてきなアイデアだわ」

「ジェニーを腕に抱いて誓いの言葉を述べるんだ。同窓会ベビーにぴったりの、同窓会の結婚式だ」

「いいわね。気に入ったわ」

「ちょっと待った」

「なに？」

「動かないで。そこでじっとしていてくれ」

「マーカス？」

　彼はヘイリーから離れてスーツケースに近づくと、秘密の隠し場所から、小さなベルベットの箱をとりだした。

「こんなところまで、指輪を持ってきていたの？」

マーカスがヘイリーのそばに戻ってきて言った。「言っただろう？　男は夢を見るものなんだ。さあ、手を出して」ヘイリーが差しだした左手の薬指にマーカスは婚約指輪をはめた。

まばゆいばかりのダイヤモンドをヘイリーはうっとりと見つめた。「とてもすてきだわ。ありがとう」

「これで婚約成立だ」マーカスは笑った。ヘイリーと婚約した。そう考えると、満足感でいっぱいになった。

ヘイリーが言った。「世界最短の婚約期間ね。たったの六時間？」

「もしくは、それ以下」

ヘイリーはまだ手をあちこちに向けては、大きな石が光を受けて輝くのを見つめていた。

「すてきな指輪だって言ったかしら？」

「言ったよ。それから心配しないでくれ。ちゃんと結婚指輪もあるから。今日の午後、きみが〝誓います〟と言うころには、すべての準備が整っているよ」

「あわただしい求婚期間だわ」

マーカスはもう一度ヘイリーにキスをした。そして彼女の肩をつかみ、バスルームのほうを向かせた。「さあ、シャワーを浴びておいで。急がないと」

ヘイリーは素直に従い、急いでバスルームに入ってドアを閉めた。数秒後、マーカスの耳に水の流れる音が聞こえてきた。

彼はベッドの端に沈みこむようにして腰かけた。自分が求めていたものを手に入れようとしていることが信じられなかった。ヘイリーと生涯をともにし、かわいい娘を育てる……。

エイドリアーナ。

その名前が突然、影のようにひそやかに、心に忍び寄ってきた。

ヘイリーのプロポーズにイエスと答える前に、エイドリアーナが電話してきたことを話しておくべきだった。

正直さをヘイリーは求めている。そして彼女は、子供をもうけた男女は結婚すべきだとぼくが信じているために指輪を渡したにすぎないこともよくわかっている。ぼくがありのままの真実を告げていると信じているから。

エイドリアーナのことを話さなくては……。

だが、ヘイリーは心配するだろう。もしかしたら、ぼくが本当はエイドリアーナと一緒にいたいのではないかと疑うかもしれない。

ふたりのあいだに現れたエイドリアーナの影は、事態を誤った方向へ展開させる恐れがある。ヘイリーはもう少しゆっくり考えたいと思うかもしれない。なにも今日結婚しなくてもいいのではないかと、考えはじめるだろう。どうしてもっと早くエイドリアーナのことを言わなかったのか、説明を迫るに違いない。

くそっ。どうして前もって話しておかなかったんだ。簡単なことだったのに。〝エイドリアーナが電話してきたんだ。彼女はぼくとやり直したいと言ったけど断ったよ〟そう言うだけでよかったのだ。

簡単で、率直で、はっきりとしたことなのに。

だが、なにかがぼくを思いとどまらせた。

そしてエイドリアーナとは本当にもう終わったと思っている今、それを言わないでいるのはそんなに悪いことだろうかという思いがわき起こってきた。

昔の話を今さら蒸し返すことに、なんの意味がある？　なぜ過去を捨て去ってしまえないのだろう？

ぼくは、ヘイリーと赤ん坊と一緒に幸せになるのだ。エイドリアーナはまた気が変わって、今ごろはフォンクルーガーのもとへ戻っているかもしれない。そんな人間に邪魔をされてたまるか。

こんなに早くすべての準備が整うなんて、ヘイリーは思っていなかった。

その日の午後三時、ふたりは結婚式を挙げた。

マーカスが約束したとおり、ベッドのなかでだ。〈インプレサリオ〉の、ふたりが泊まっていたスイートルームが会場となった。ヘイリーは、アーロンの妻のシーリアが〈ハイシエラ〉の最高級ブティックで見つけてくれた、白いサテンのパジャマを着ていた。彼女の腕のなかで、ジェニーがサテンの縁どりが施された毛布にくるまれ、頭にはリボンのついた帽子をかぶっている。毛布も帽子もピンク色で、おそろいだった。

アーロンとケイドの弟であるウィル・ブラボーの妻ジリーが、ブライダルショップを探しまわり、ルネッサンススタイルの花冠を見つけてきた。青葉の輪飾りの正面に白い薔薇《ばら》をあしらった冠を、ベールの代わりにかぶった。朝とは打って変わって美しく輝くヘイリーの赤毛は、肩の上にゆるやかに流れ落ちている。ジリーは化粧もしてくれた。彼女に頬紅やコンシーラー、アイライナーやマスカラを使って魔法をかけられていくあいだ、ヘイリーはただそこに座っていればよかった。

われながら、陣痛からまだ三十六時間もたっていないとは思えないほど美しくなったと、ヘイリーは思った。

マーカスはタキシードを着ていた。ヘイリーと赤ん坊のように、ベッドのなかではなかったが。正確に言うと、ベッドの端に座ってヘイリーの手を握っていた。牧師はベッドの足元に立っていた。

そして赤と金で彩られた豪華で広いベッドルームの残りのスペースは、ブラボー一族で埋め尽くされていた。子供や赤ん坊も含め、全員がそろっている。あまりの多さに、リビングルームにまで人があふれていた。

挙式そのものは簡潔だった。迅速で感傷をそそる牧師のスピーチに、きわめて重要な結婚の誓いの言葉を述べただけだ。

ヘイリーはマーカスの瞳を見つめながら、あふれんばかりの愛をこめて力強くはっきりと言った。「誓います」

ダイヤモンドが輝くすばらしい婚約指輪がはまっているヘイリーの指に、彼が結婚指輪をはめた。マーカスは牧師のあとに続けて言った。「この指輪をもって、結婚の証《あかし》とする」

それから牧師が、花嫁にキスをするよう言った。マーカスは身をかがめ、あたたかい唇で彼女の唇を覆った。それは甘く優しいキスで、輝くような数秒のあいだにヘイリーの胸を打ち砕くと同時に、癒《いや》してくれた。

牧師が言った。「ここにふたりが夫婦となったことを宣言する。みなさん、ヘイリーとマーカス・リード夫妻です」

ふた部屋を埋め尽くすブラボー一族から、いっせいに拍手喝采《かっさい》や口笛、やじの声などがあがった。赤ん坊のなかには突然の歓声や拍手に驚いて、泣きだす子もいた。

ジェニーも驚いて目を開けた。だがそのあと大きなあくびをしただけで、また眠りに戻った。

シャンパンが振る舞われ、乾杯の嵐《あらし》が起こった。全員が同時にしゃべりだし、乾杯の声も聞きとりにくいほどだった。

しかし、ケイトリンは違った。トレードマークのスリムなジーンズにスパンコールのついた赤いシャツを着た彼女は、ベッドの足元の台座の上に立つと赤ん坊たちがまた泣きだしてしまいそうな口笛を吹いた。「みなさん、いいかしら?」

「いいぞ、母さん!」ケイドが部屋のうしろから叫んだ。

「ヘイリーとマーカスの結婚式が万事うまくとり行われて、本当にうれしく思います。こんな短い時間で準備を整えられたのは、ここにいるみなさんのおかげです」同意の声があがり、ケイトリンはシャンパングラスを掲げた。「花嫁と花婿に、愛と結婚に、幸せと新しい人生に。そしてなによりも家族を祝して。乾杯」そう言ってシャンパンを飲み干した。ほかの人々もそれに続いた。子供たちも炭酸のフルーツジュースが入ったフルートグラスを高く掲げた。

すばらしい瞬間だわ。ヘイリーは思った。大勢の家族に囲まれ、ここにいる全員を証人として愛する人と結婚できたことがうれしくて涙がこみあげてくる。

マーカスが身をかがめた。「幸せそうだ」

「ええ、マーカス。そのとおりよ」

ケイトリンの乾杯の挨拶《あいさつ》が終わると、式はいっきに終幕に近づいた。そろそろ、みな家に帰らなくてはならなかった。ひとりずつ、新郎新婦に祝福の言葉をかけて立ち去っていった。そして誓いの言葉から一時間もたたないうちに、スイートルームは空っぽになった。

ケリーとディディも、スーツケースをとりに自分たちの部屋へ戻っていた。

「三十分後でいいかな？」マーカスがタナーに尋ねた。「飛行場まで乗せていってもらうバンを、下に待たせておくよ」

「わかった。ぼくも準備してこよう」タナーも出ていった。

ほかの部屋へと通じる大きなドアを閉めて、マーカスは再びヘイリーのそばに座った。

「具合はどうだい？」

「とてもいいわ」

マーカスはかがみこみ、花で飾られた冠の下に見える額にキスをした。ヘイリーは娘を抱いていた手を片方だけ離し、彼の首にからませて引き寄せると唇を差しだした。今度は唇へのキスになった。

「うーん」ヘイリーはマーカスのこめかみの髪を撫《な》でた。「一生、キスが楽しみだわ」

マーカスは彼女の唇の上でほほえんだ。「ところで、出発前に大急ぎでどうだろう？」

ヘイリーがマーカスの唇の割れ目に舌を這《は》わせた。大急ぎでする気はないけれど、まったくその気がないわけでもないことをわからせるために。「そうね、しばらくは延期かしら。六週間ぐらいしたら、もう一度誘ってくれる？」

感触を楽しむように、マーカスがヘイリーの髪を撫でた。「そんなに？　死んでしまうよ」

「大丈夫よ。死にはしないわ」

「もしかしたらね。かろうじてだけど」

「それにほら、わたしの唇や手だってすてきなんだから」

マーカスがうめいた。「思いださせないでくれ。いじわるだな」

「止まらないのよ。わたしが産後のセックスの女神だって知っているでしょう？」

「そうか。ぼくを脅しているんだな」ヘイリーの唇をもう一度かすめてから、彼はしぶしぶ離れた。「ぼくはいい夫、いい父親になるよ。きみがぼくを必要としているときはいつでも、必ず助けに行く」

ヘイリーはマーカスが病院から借りてくれた車椅子をちらりと見た。「あれを持ってくるのは大変だったでしょう。でも、借りてきてくれてうれしいわ。自力ではまだどこにも出かけられないもの」

「ここにもう一泊してもいいんだよ」

「いいえ。本当に大丈夫よ。車椅子で飛行機まで行けるんだから。それに、搭乗したらきっとすぐに寝てしまうわ」

マーカスが更衣室に姿を消した。感傷的でセンチメンタルな気分になったヘイリーは、そんな彼の姿を目で追った。体はくたくただが、これほど心が満たされたことは今までになかった。

目を覚ましたジェニーがぐずっている。ヘイリーはパジャマのトップをめくり、乳房をあてがった。ジェニーがかぶりついてくると、痛みに思わずひるんでしまった。だがしばらくすれば、その痛みも和らいできた。育児書によると、時間とともに乳首は強靭《きょうじん》になっていくのだそうだ。そこに至るまでは、どんどん悪化するだけのように思えるのだが。

〝赤ん坊。それはまずあなたを歩くビーチボールのようにし、そしてあなたを引き裂いて生まれてくる。やがて授乳がはじまる。それはすばらしく満ち足りた行為となるだろう〟

その本に書いてあったのは、この強烈な胸の痛みがおさまったあとの話に違いない。

赤ん坊のかわいらしい頬を指でそっと撫でながら、ヘイリーはささやいた。「なにもかもすてきよ。どうかこのままでいて……」

長いため息をつきながら、彼女は枕《まくら》に頭を沈めた。ジリーが見たててくれた薔薇の花冠は額にずり落ち、目を覆ってしまいそうだった。

でも気にしなかった。どのみち目を開けていることはできそうにない。とても穏やかな気分に包まれた……。

五分後、マーカスが更衣室から出てきたときには、ヘイリーは眠っていた。花冠は目元までずり落ち、ジェニーはぐずりはじめていた。

泣いている赤ん坊を彼が腕から引きとったとき、ヘイリーは身動きをしたものの、目は覚まさなかった。マーカスはジェニーのおむつを換えて、チャイルドシートに寝かせた。ジェニーがかわいらしい手を揺らしながら、小さな声を出す。

もう一度ヘイリーを見ると、ぐっすり眠りこんでいた。

出発するなら、彼女を起こさなくてはならない……。

マーカスはベッドに近づいたが、思い直して隣の部屋へ行った。それからセキュリティシステムをセットして廊下へ出た。ケリーの部屋のドアをノックする。出てきたケリーに、ヘイリーが疲れきっていて帰れそうにないことを伝えた。「きみたち三人は、予定どおり出発するといい。ヘイリーとジェニーとぼくは、明日帰ることにするよ」

母親のうしろに隠れていたディディが甲高い声で言った。「ママ、まだここにいられるの？　それなら〈サーカス・サーカス〉に行きたいわ。お願い！」

娘に静かにするよう注意してからケリーが言った。「クリスマス休暇でディディの学校も休みだし、わたしも特別休暇が使えるの。わたしたちも、あなたたちと一緒に残るわ」

タナーにも相談したところ、彼も残ってもかまわないとこたえた。「たまたま残っているきょうだいもいることだしね。今夜にでもまたカードゲームを企画しようかと話していたんだ。きみもどうだい？」

「行きたいのはやまやまなんだが……」

タナーがマーカスの肩をぽんと叩《たた》いた。「わかっているさ。花嫁とかわいい娘のところへ戻ってやれよ」

マーカスが部屋に戻ると、ヘイリーはまだ眠っていた。花冠は彼女の鼻までずり落ちている。花冠をはずしてナイトテーブルに置いた。ヘイリーはため息すらつかなかった。ジェニーがチャイルドシートからマーカスに向かって喉を鳴らしている。彼はチャイルドシートごと娘を抱きあげてリビングルームへ運び、うしろ手にドアを閉めた。それから何本か電話をかけ、クレオ・ブラボーにベビーベッドを貸してもらう手はずをつけた。彼女は夫のフレッチャーや子供たちと一緒に、〈インプレサリオ〉のすぐそばで暮らしていた。さらにふたつのリゾート施設の従業員のために、託児所も経営している。彼女はベビーベッドだけでなく、大量のベビー用品もそろえてくれた。毛布や寝間着、赤ん坊用のTシャツなどだ。電話で話してから三十分もたたないうちに、ベビー用品一式とともにベビーベッドが届けられた。彼はジェニーに寝間着を着せて、届いたベビーベッドに寝かせた。

それからマーカスはソファの上で手足を伸ばし、テレビのチャンネルを次々に変えながら、携帯情報端末《PDA》の電源を入れたいという衝動をこらえた。彼と連絡をとろうとしたエイドリアーナが秘書を困らせていないかどうか、確かめたくなかったのだ。

だが、無為な時間があまりにもありすぎた。メールをチェックすれば、寝転びながらにして〈カフェ・セントラル〉がどうなっているのかがわかる。マーカスはＰＤＡの電源を入れ、まずはもっとも恐れているものから調べた。留守番電話だ。

「〝一件のメッセージがあります……〟」

再生ボタンを押すと、金曜日の夕方の最新情報を伝えるジョイスのきまじめな声が流れだした。彼女はさまざまな部署で起こったできごとを簡単に説明してくれていた。すべて順調だ。なにもかもうまくいっている。マネージャーがふたり、来週にでも電話での会議を要請しているらしい。

〝そのほかに、急ぎの用件はありません。日常業務はきちんと遂行されています。お電話をいただければ、電話会議のセッティングをいたします〟ジョイスが言った。〝それから最後に〟そこで声の調子が、堅苦しいまでに厳しい口調に変わった。〝今日、ロンドンから二回電話がありました。前の奥さまだとのことですが。エイドリアーナ・フォンクルーガーという方です。あなたと連絡をとるのに苦労しているようでした。わたしは指示どおり、あなたの電話番号は教えられないと申しあげましたが、二度目の電話で彼女は非常に……しつこく食いさがってきました。すぐに電話をしてほしいそうです〟続けて電話番号を読みあげた。〝以上です〟それから突然、きびきびとした調子で元気よく言った。〝よい週末を、マーカス。来週に行う電話会議のセッティングをしたいので、できれば月曜日に電話をしてください〟

電話回線の切れる音がして、機械的な音声が日付と時間を告げた。

「我慢できなくなったんでしょう?」マーカスがびくっとして振り返ると、そこにヘイリーがいた。結婚式のときに着ていた白いサテンのパジャマ姿のまま、寝起きのせいか目をしょぼしょぼさせながらベッドルームの入口に立っている。そしてけだるげな寝ぼけまなこの状態で、含み笑いをした。「自分の顔を見てごらんなさい。いかにも後ろめたそうな顔をしているわよ」それから彼女はまじめな口調できいた。「なにかあったの?」額にかかっていたやわらかな赤毛をかきあげる。

マーカスはPDAを持ちあげて、きまり悪そうに言った。「告白します。メッセージをチェックしていました」

裸足《はだし》で歩いてきて、ヘイリーがマーカスの隣に座った。慎重に。だが、以前ほどぎくしゃくはしていなかった。体力も回復したようだ。マーカスが腕をまわすと傍らに寄り添ってきた。

「了解よ」からかうように言い、ヘイリーはマーカスの首にキスをした。「許してあげる。メッセージとメールをチェックするくらい、まったく問題ない――」そこではっとして体を起こした。「忘れていたわ。今何時? 空港に行かなくていいの?」

マーカスは寝癖のついたヘイリーの髪に触れた。「大丈夫だよ」

「え？」

「明日帰ることにしたんだ」

「本当に？」

「ああ。ケリーとディディは、〈サーカス・サーカス〉に行っているはずだ。タナーはほかのきょうだいたちと、カードゲームをしている」マーカスはヘイリーの髪を耳のうしろにかけてやった。そんな必要はなかったが、ただ彼女に触れる口実が欲しかったのだ。マーカスはヘイリーに触れているのが好きだった。彼女に触れると……幸せな気持ちになった。落ち着けた。そう。このマーカス・リードが落ち着いて幸せな人生を送れるなんて、いったい誰に想像できただろう？

 あり得ないことのように思えた。

だがどういうわけか、そうなってしまったのだ。

なにものにも、誰にも、この生活を壊すことなどできない。

「マーカス」ヘイリーがなだらかな眉をひそめた。

「なんだい？」

「なんだか……怒っているみたいだわ。なにかあったの？」

「なにも」

「でもあなた――」

「本当になんでもないんだ。こっちへおいで」再び彼はヘイリーを抱き寄せた。ヘイリーがため息をついてマーカスにもたれてくる。マーカスはヘイリーの髪を撫で、その指を力なく彼女の腕におろした。

「わたし、どのくらい眠っていたの?」

「二時間ぐらいかな」

「わたしのために出発を延ばしてくれたんでしょう?」

「ああ。でもそれがどうかしたかい? まずは体を休めなくては。きみは昨日出産したばかりなんだから」

ヘイリーは反論せず、静かにまたため息をついて言った。「ジェニーがベビーベッドに寝ていたわ。あれはどうしたの?」

「フレッチャーの奥さんに電話をかけたんだ。彼女に貸してもらった。たくさんのベビー用品と一緒にね」

「家族ってありがたいわね」

「本当にすばらしい人たちだよ」

「人生って、ときとしておかしなものよね。つまり、極悪人のブレイク・ブラボーという男がいて、けっして許されない罪をいくつも犯した。アメリカじゅうの孤独な女性と結婚しては妊娠させ、そのうえ行方をくらますという罪を。残された女性たちは必死になって子供を育てたわ。そんな子供たちはどうしようもない人間に育つと思われがちだけど、そうではなかった。子供たちはとにもかくにもそれぞれに愛する人を見つけて結婚したわ。そして今では、さらに彼らの子供たちが誕生しているのよ」

マーカスはヘイリーの頭のてっぺんにキスをした。「なかには、子供ができてから結婚する人もいるけれどね」

「ええ」ヘイリーは彼に寄り添った。「そういう人もいるわね。とにかく子供たちは……互いを見つけ合った。自分たちにきょうだいがいることを知ったの。結局は、こんなに大きな家族だったのよ。昔からずっと、わたしはひとりぼっちだと思っていたのに」ヘイリーが手を伸ばして彼の顎に触れた。マーカスは彼女の顔を見つめた。「わたし、とってもうれしいの」ヘイリーは言った。「そんな家族がいることや、あなたと結婚できたことが。それに娘が生まれたことも……」

「ぼくもだよ」顔をさげてマーカスは彼女のやわらかな唇にキスをした。

ベビーベッドのなかで、ジェニーがもぞもぞ動いて小さな声を出した。やがてまたぐずりだした。

ヘイリーはうなった。「育児書いわく、〝赤ん坊。それがどんなにすばらしいか考えていると、彼らはまたおなかを空《す》かせるのだ〟」

その後、ふたりはルームサービスを頼んで、部屋で映画を見た。九時前にはベッドに入った。

ヘイリーはすぐに眠りに落ちたがその隣でマーカスは、穏やかな彼女の寝息を聞きながら、エイドリアーナのことを言わなくてはと考えていた。ぼくたちはもう結婚したのだから、結婚を延期すると言われるのを恐れて打ち明け話を先延ばしにする必要はない。彼女を起こして話さなくては。こんなことは終わりにするのだ。

だが、できなかった。今はタイミングが悪い。ヘイリーには睡眠が必要だ。ヘイリーはぼくに真実を求めている。しかも、それを知る権利がある。話さなくては。話そう。

近いうちに。

12

翌日の午前十一時、彼らはサクラメントの空港に降りたち、正午前にはヘイリーのアパートメントに到着していた。

ジェニーを子供部屋に寝かせたあと、ふたりでサンドイッチを食べた。それからヘイリーはベッドルームに戻って荷ほどきをし、マーカスはジョイスに電話をかけた。

彼は週末のあいだに自分が結婚したことを秘書に伝えた。その妻が娘を産んだことも。

「そうですか」いつものようにきびきびとした口調で、ジョイスが明るく言った。「おめでとうございます。どうぞお幸せに」

「ありがとう」マーカスはこたえた。二週間の休みに入る前に、ジョイスには大まかな話をしておいたのだ。自分には特別に思っている女性がいて、彼女は妊娠しており自分と結婚するよう説得したいと思っているということを。

電話会議は、水曜日の朝に行うことに決めた。

「それでは、二週間ずっとそちらに滞在するんですね?」ジョイスが尋ねてきた。

今では、自らその二週間を求めていることにマーカスは気づいた。ヘイリーとジェニーと一緒に過ごす、あらゆる仕事のプレッシャーから解放された二週間を。

そしてエイドリアーナからも離れていたかった。彼女のことだからシアトルに戻るという脅しを必ず実行に移すはずだ。

「そうだ」マーカスはうなずいた。「ぼくたちは新婚で、生まれたばかりの赤ん坊もいる。だから今は離れたくないんだ」

それからジョイスがマーカスへのメッセージを読みあげるのを聞き、電話番号を書き留めたり、彼女がかけ直すときになんと言えばいいかを指示したりした。

マーカスは、悪い予感を胸に抱きつつ、ジョイスがエイドリアーナからまた電話があったと言いだすのを待った。

だが、彼女は最後にこう言った。「それでは、また水曜日に」

これで話は終わりだとマーカスは悟った。彼は別れの挨拶《あいさつ》をして電話を切り、じっと座ったままクリスマス・ツリーを見つめていた。部屋に入ってくるとすかさず、ヘイリーが電源を入れたのだ。

もしエイドリアーナがまた電話をかけてきていたら、ジョイスはそのことを言ったはずだ。彼女は有能な秘書だ。きちんと書き留めて、ほかのメッセージと一緒に伝えただろう。たとえマーカスの前妻の奇妙な行動について話すことが、どんなに不愉快であっても。

こいつはすばらしい。最高だ。期待できそうもないことだが、エイドリアーナがついにわかってくれたという可能性もある。あるいは、フォンクルーガーのもとへ戻ったか。いずれにせよ、もう二度と電話はかかってこないかもしれない。

ベッドルームで荷物を片づけていたヘイリーが、彼のいる部屋に入ってきた。彼女はまっすぐツリーへ向かい、くるみ割り人形の飾りがしっかりと枝に固定されるよう直した。そうしてからマーカスのそばへ来て隣に座った。

「それで、〈カフェ・セントラル〉の様子はどうだったの?」

マーカスはショックを受けているふりをした。「言っても信じないと思うよ」

「なに? 悪いこと? 言ってちょうだい」

少しだけ間を置いてから、彼は白状した。「ぼくがいなくても、きわめて順調にやっているらしい」

ヘイリーがぐるりと目をまわした。「信じられないわ」

「だけど、本当なんだ」

「ということは、わたしたちが結婚してすべては丸くおさまったけれど、それでも残りの二週間もずっとここでわたしがあなたをひとり占めしていていいの?」

「気に入ったかい?」

「ええ、もちろんよ」

「それならよかった。まさにそのとおりだよ」

ヘイリーは子供のように手を叩《たた》いた。「もうすぐ待ちに待ったクリスマスね。今度の金曜日には、ディディのダンスの発表会もあるわ」

「なんとしても行かないと」

「それと、ケリーが土曜日にクリスマス・パーティを開くの。わたしはクリームチーズのラップサンドを持っていくことになっているのよ」

「それがないとパーティにならないな」

彼女がマーカスの肩に手を置いた。「本当にうれしいわ」

「よかった」

「今、バール・アイヴスのクリスマス・ソングを聞きたくてたまらないの」

「頼むから、それだけは勘弁してくれ」マーカスはヘイリーを抱き寄せてキスをした。ヘイリーが彼の手をつかんだ。「こっちへ来て、なまけ者さん。ここで過ごすなら、荷物をほどかないと」

次の日、三人で病院に行った。マーカスがヘイリーとジェニーを、婦人科と小児科へ連れていったのだ。彼はどちらの診察のときも診察室まで一緒に入り、ヘイリーがあれこれ診てもらっているあいだ赤ん坊を抱いていた。

その夜、ヘイリーの母乳が出はじめた。胸が腫《は》れあがってひどく痛むらしく、ジェニーに授乳するときには痛みのあまり泣き叫ぶほどだった。

マーカスは医師に電話をかけてなにか処置がないかきいてみたかったが、ヘイリーは涙を流しながら笑っていた。

「マーカス、本当に大丈夫なのよ。授乳というのはこういうものらしいわ」

そうは思えなかったが、彼はあきらめることにした。自分がまったくの無力に感じられた。夫や父親になることに比べたら、会社経営なんてたいしたことではない。

水曜日になると、ヘイリーは〈アラウンド・ザ・コーナー・ケータリング〉に行って、もう仕事には復帰しないことを告げた。ブラボー一族から次々と結婚のプレゼントが届きはじめ、お礼の手紙を書くのに忙しくなった。

午後、マーカスが電話会議を終えたのち、ジョイスが彼へのメッセージを伝えてきた。エイドリアーナからの伝言はなかった。木曜日も。金曜日も。

そのころになるとマーカスは、エイドリアーナの一件をヘイリーに話さなくてよかったと考えるようになっていた。わざわざヘイリーを動揺させる必要はないのではないかと感じはじめていたのだ。

金曜日の夜は、ディディのダンスの発表会だった。一同はジェニーが泣きだしたらすぐに外に出られるよう、ホールのうしろの席に座った。だが赤ん坊は、演技のあいだじゅうずっと眠っていた。三演目ともディディは脇役《わきやく》だった。きのこと、蛙《かえる》と、小さなサンタクロースのひとりを演じた。ダンスの才能が欠けていることを、ディディはその立ち居振る舞いで補っていた。目立たない役を輝くばかりの笑顔と熱意で演じていたのだ。

「すごく上手というわけではなかったでしょう？」家に帰ってきてジェニーをベビーベッドに寝かせたあとでヘイリーが言った。ふたりはソファに座っていた。ヘイリーは靴を脱ぎ捨て、マーカスの膝に頭をのせて手足を伸ばしている。

「でもこれだけは言えるよ。あの子にはあふれんばかりのハートがある」

「そうね、ハートは大事よ。ほかのなによりも大事だとわたしは信じているわ」

マーカスは指先でヘイリーの首筋をなぞった。「あの子の父親はどうしているんだい？会いに来ることはないのか？」

「彼がいなくなってからずいぶんたつわ。たしか、マイケル・バルティックだかバクリックだか、そんな名前よ。マイケルはケリーの初恋の人なんですって。高校時代に出会って、お互いにその人しかいなかったってケリーは言っていたわ。マイケルと別れたとき、彼女は自分が妊娠していることを知らなかったのよ」

「それじゃあ、ディディの存在に気づいたとき、ケリーは彼に言いに行ったのかい？」

「知らせようと、電話をかけたらしいわ。でもつながらなかった。それでマイケルが母親と住んでいたトレーラーハウスに行ったら、もう別の人が住んでいたんですって。管理人によると、母親が亡くなってマイケルは転居先の住所も残さずにいなくなってしまったそうよ。タナーは今でも彼の消息を捜しているわ。まだ幸運には恵まれないけど。ケリーもタナーも、マイケルは死んでしまったか、もしくは完全に姿を消してしまったかのどちらかだと思っている気がするの」

「ひょっとすると、タナーはそんなに一生懸命調べていないのかもしれないな」

ヘイリーが体を起こした。「もちろんタナーは懸命に調べているわ。彼は私立探偵なのよ。それが仕事じゃない」

「ぼくが言いたいのもそこさ。調べる方法ならいくらでもあるだろう。なにか手がかりがあってもいいはずだ。マイケルという男の行き先とか、なにがあったのかとか、なんらかの情報が」

「それがないのよ」そうこたえるころにはヘイリーはソファの端まであとずさって、マーカスと距離を置いていた。「もしあれば、タナーはなんとしてもマイケルのもとにたどり着いたと思うわ」

「言ってみただけだよ。ディディの父親には彼女の存在を知る権利があるからね」

「だから、あなたの言うとおりだって言っているじゃない」ヘイリーの目はまっすぐに、前方にあるツリーのほうに向けられていた。ツリーを見ているわけではないことを、マーカスはわかっていた。しばらくしてから彼女が尋ねた。「あなたはジェニーのことを言っているの？」穏やかな声だった。再びヘイリーがマーカスの目を見た。「たとえあなたがここに会いに来てくれなかったとしても、あなたは知ることになっていたのよ。その方法が口にするのもいやなやり方だったとしても、ちゃんと知らせは受けることになっていたわ」

ヘイリーの手に彼は自分の手を重ねた。彼女は抵抗しなかった。それどころか、一瞬ののちにはマーカスの手を引き寄せていた。

低い声でマーカスは言った。「きみの手紙のことを言っているんじゃない。あれはもう、すんだことだ」

ヘイリーがほほえんだ。灰色の雲のあいだから太陽が顔を出したように感じられた。

「そうね」

「これじゃ、まるで……」

「なに？」

「初恋みたいだな。大変だよ。もっと幼くてなにも知らない、愛がすべてだったころにはきみも必死になったことがあるんじゃないか？　愛する人を手放さないよう、愚かで自滅的なことをしたりしただろう」

「それは……あなたとエイドリアーナがそうだったということ？」

この話題を持ちだしたのはぼくだっただろうか？　どうやらそうらしい。「ああ。そうだったと思うよ」

ヘイリーがマーカスの肩に頭をもたせかけた。だが、彼女はそれ以上なにも言わなかった。ささいなことを根掘り葉掘り尋ねてくるようなこともなかった。

そしてヘイリーがそうしようとしないことで、マーカスは自分が話したいと思っていることに気づいた。彼女にわかってもらいたかった。

マーカスはヘイリーに自分の過去を知ってほしかった。ぼくの過ちと、それを犯してしまった理由を彼女に話すのが重要なことに思えた。

今ならマーカスも、ヘイリーは誤解したりしないと信じることができる。ヘイリーはあれこれ推測したりしないし、自分が話の中心になりたがったり、それをすべて自分のことにすり替えようとしたりもしないだろう。エイドリアーナがそうしていたように。

彼はヘイリーの手を握って話しはじめた。「エイドリアーナは……ぼくがまだ幼くて、母も生きていたころ、近所に住んでいたんだ。彼女はぼくの母の親友の一人娘だった。かなりあとになって、ぼくたちがつきあいはじめ、離れられない仲になったとき、初めて会ったときからずっときみのことが好きだったとエイドリアーナに言ったんだ。それが真実だと、ぼくは自分に言い聞かせようとしていたんだと思う。だけど今になって振り返ってみると、それは間違いだった。エイドリアーナはいつも、自分が物事の中心でなければ気がすまなかった。彼女はひとりっ子で、両親に甘やかされていたからね。たしかぼくらが五歳ぐらいのころ、エイドリアーナにおもちゃのトラックで殴られたのを覚えている。理由は、ぼくが邪魔しないでくれと言ったせいだった。六針縫ったよ。彼女はぼくが相手にしないことが許せなかったんだ。無視しようとすればするほど、いっそうあとについてこようとしたものさ。やがて、ぼくの母が死んだ。世界は一変したよ。ぼくとベビーシッターと、いつも酔っている父だけになったんだからね。それから少なくとも三年か四年は、エイドリアーナにはほとんど会わなかった。遠くから見かけることはときどきあったけど。ぼくたちは別々の学校に通っていて、彼女の両親は自分たちの大事な娘を殺人犯かもしれない男の息子なんかとかかわらせたくなかったんだろう。ところがある日、エイドリアーナがひとりでぼくの家を訪ねてきた。玄関のドアをノックし、ぼくに会いたいと言ったんだ。家政婦が彼女の母親に電話して、連れ帰られてしまったけどね。

　中学生のとき、エイドリアーナがぼくの学校に転校してきた。今でも理由はよくわからない。その初日、廊下でぼくと並んだ彼女は言ったんだ。〝こんにちは、マーカス。ほら、わたしの本を持たせてあげるわ〟とね。ぼくは足を速めた。まるでそこに彼女なんかいないように。いったん応じてしまったら、彼女はなんとしてもぼくを自分のものにするだろうと感じたからだ。ぼくは……抵抗した。何週間も無視し続けた。だが、エイドリアーナはそれを許さなかった。ぼくの行くところにはどこにでも現れて、まるでずっとそこにいたかのようにこちらを見ているんだ。彼女の存在を認め、彼女の本を持ち、彼女がするようにぼくが彼女のあとをついてまわるようになるのを待っていたんだ。ぼくはエイドリアーナを避けた。家政婦から盗んだ、処方箋《しょほうせん》が必要な鎮痛剤を使って自殺をしようとしたその日まで」

ヘイリーの口から言葉がもれた。「ああ、マーカス……」彼女はマーカスの手を握ったが、頭を肩にもたせかけたまま、それ以上なにも言わなかった。

マーカスは続けた。「あのときはそれが名案に思えたんだ。薬をのんで眠ってしまい、そのまま二度と目覚めないというのが。どうせいつか父に殺されるに違いない、と思っていたからね。だから先手を打とうと考えたんだ。十二歳でだよ。このみじめな生活から逃れるには、死ぬしかないように思えたんだ。ぼくは学校の男子トイレで薬をのんだ。自らの命を絶つ場所になぜそこを選んだかは、きかないでほしい」

穏やかにヘイリーが言った。「もしかしたら誰かがあなたを見つけて、助けてくれるかもしれないと思ったから？」

「そうかもしれない。とにかく、薬をのんだあとぼくは意識を失った。そのぼくを彼女が見つけたんだ、エイドリアーナが。彼女は……ぼくを助けてくれた。それをきっかけに、ぼくはエイドリアーナに降伏したんだと思う。ぼくは彼女に愛をささげたよ。たいした愛ではなかったけどね。ぼくにとっては彼女がすべてになった。

エイドリアーナは優しいときもあったが、だいたいはそうじゃなかった。ぼくを支配している自分が彼女は好きだったんだ。そして楽しんでいたんだと思う……親に反抗することを。エイドリアーナの両親は、ぼくたちを別れさせようとした。でもそれはよけいに彼女を燃えあがらせただけだった。ぼくたちは、年じゅうけんかと仲直りを繰り返した。それがぼくの知っている唯一の世界だった。本当に、もっとすばらしい世界があるなんて思ってもみなかったんだ。こんな関係があるなんて……」

ヘイリーがマーカスの肩から頭を持ちあげた。そしてなにも言わずに、彼をじっと見つめた。とても穏やかな、すべてを受け入れるような表情で。それから再び元の位置に頭を戻した。

マーカスがさらに語った。「エイドリアーナは、子供を持つ気はないと言っていた。十八歳のとき、避妊手術を受けたらしい。笑いながら彼女は、それでよかったんだと言った。だって自分はひどい母親になるだけなんだから、と」

ヘイリーが低い声で言った。「だからあなたも、子供はいらないと決めていたのね……」

「ああ。ぼくが子供を持つことはない。そう確信していたんだ。彼女がフォンクルーガーと駆け落ちして離婚したあとでさえも、断固として、絶対に子供はいらないと思っていた」

再び顔をあげたヘイリーがマーカスを見た。「二度と結婚しないということも確信していたのね」

「そう思っていた……心の奥底では。エイドリアーナがいなくなって、生きる目的を失ったんだ。でもそんなとき、きみが現れた。ぼくはきみを拒むことができなかった。きみとともに過ごすことは不可能なだけでなく、間違っているように思えたというのに。エイドリアーナがぼくにとってただひとりの女性だったはずなのだから、彼女がいなければぼくの人生は空っぽになるはずだった。だが、そこにはきみがいたんだ。エイドリアーナと同じくらい決意に満ちてはいたが、でもまったく違ったやり方でぼくの前に現れた」

ヘイリーはマーカスをしっかりと見つめた。「ああ、マーカス……」

マーカスは彼女の手を持ちあげて、そっとキスをした。「なんだい?」

「あなたは立派ですばらしい人よ。あなたの妻になれたことを誇りに思う。ジェニーはあなたみたいな父親がいて本当に幸せだわ。それからエイドリアーナのことは、もう彼女はほかの男性と駆け落ちしてしまったのだから、あなたは彼女から解放されたのよ」

チャンスだ。まさに今しかない。ヘイリーにエイドリアーナの電話のことを話すのだ。彼女がぼくに連絡してきたことを。それはまた電話があるだろうと思っているからではない。

そうではなくて、ただ、妻に話すのが正しくて正直な行いだからだ。

刻々と時間が過ぎる。

「マーカス?」

んかないさ」

「なんだか……とても悲しそうに見えるわ」

真実を伝える代わりに、彼はまた嘘《うそ》をついてしまった。「そんなことないよ。悲しくな

「え？」

「シアトルに引っ越してしまうなんて残念だわ」ケリーが言った。

「そうね」ヘイリーはクリスマス用のテーブルクロスを広げながらうなずいた。「わたしも寂しくなるわ」

「やっと会えたのに、またいなくなってしまうのね。しかもかわいい姪《めい》も一緒に行ってしまうなんて、本当に残念だわ」

ケリーの家のダイニングルームには、ヘイリーとケリーのふたりしかいなかった。ジェニーは客間でぐっすり眠っている。ふたりは今夜のパーティの準備をしていた。マーカスが三十分ほど前に、ヘイリーとジェニーを車でここまで送ってきてくれた。ディディは友達とプールに行っている。

ヘイリーは金色の縁どりを施された緑色の布のしわを伸ばした。「正直言って、こんなことになるなんて予想していなかったの。結婚しないつもりでいたから」

ケリーが皿を置いた。「でも、幸せなんでしょう」

「ええ……」

「なんだか曖昧《あいまい》な感じね」

「マーカスがなにか悩んでいるみたいなのよ。それがなんなのかは言わないけど」

ケリーがキッチンカウンターに置いてあったベリーの実と枝のテーブルセンターを持ってきて、テーブルの中央に置いた。「なにか……深刻なことなの？」

「わからないわ。彼はなにも言わないから」

ケリーはヘイリーの手をとってキッチンへ連れていき、そしてテーブルに座った。「なにか役に立つアドバイスをしてあげたいけれど、残念ながらわたしの手には余るわね。わたしは夫を持ったことがないし、ボーイフレンドさえいない。セックスなら一度したけど……」

ヘイリーが笑った。「だいたい想像がつくわ。それでディディができたのね」

「違うの。わたしが言っているのはマイケル以外の男性と、ということ」

「嘘でしょう」

「本当よ。その人とは、母子家庭《P》・父子《W》家庭《P》の会で出会ったの。たしか麻酔専門医だったわ。だってマイケルがいなくなってから六年よ。わたしにも男性が必要だわ。それに、その男性は積極的に外に出て社交的に人とつきあって、離婚から立ち直ろうとしていたの。安定した仕事にも就いていた。気に入らないところなんてある？　わたしたちは一緒に出かけたわ。事実上のデートよね。その夜、彼の子供たちは前妻のところに行っていたから、わたしたちは彼の家に行ったの。たった一回きりだったけど」

「その男性のことは……好きじゃなかったの？」

「彼はちゃんとした人よ。ただ、わたしにふさわしくなかっただけ」

「デートのあとは？」

「なにもなかったわ。それで終わり。男女の関係に関する知識は、これがわたしの精いっぱいよ。高校時代のボーイフレンドは、わたしを振って、ディディを残して姿を消してしまってそれっきり。ＰＷＰの男性とはたったのひと晩限り」

ヘイリーは用心深く姉の顔を見た。「具体的に、なにをわたしに言おうとしているの？」

「わたしがここにいるということだけよ。あなたの役に立ちたいと思っているの。だけど男女の関係について実体験に即したアドバイスができるかどうかきかれたら、ノーと答えるしかないわね」

「充分よ。そばにいてくれるだけでうれしいわ」

ふたりは愛情に満ちた親しみをこめて、見つめ合った。自分には姉がいる。それもケリーのような、とびきりすばらしい姉が。ヘイリーはいつまでも驚嘆の念に包まれていた。

ケリーが言った。「そうね、じゃあ、こういうのはどうかしら？　試しに答えてみて。彼を愛していますか？」

「熱烈に。心から。いとおしいくらい、愛しているわ」

「彼と結婚できてうれしいですか？」

「毎日、そう思っているわ」

「彼がなにかで悩んでいることはあなたにとって致命的な問題ですか？」

「いいえ」

「もし彼が打ち明けてくれる気になれば、あなたには聞く準備ができているということを、はっきりと伝えましたか？」

「伝えたと思う……いいえ、待って。思うじゃなくて、はっきりと伝えたわ。間違いなく」

「彼はあなたによくしてくれますか？」

「マーカスはすばらしいわ。彼は……以前とは違うの。いっそう思いやり深く、優しくなったわ。それに毎日楽しそうなの。マーカス自身、そう言っていたわ。以前の彼に対して〝楽しそう〟なんて言葉は絶対に思い浮かばなかったでしょうね」

「シアトルに戻っても大丈夫だと確信していますか？」

「まあ、それが彼を悩ませているものと関係があるの？」

「多少はあなたの深層心理を探ってみても問題はないんじゃないかしら。問題は、じつはあなた自身にあるのかもしれない。そのことを確かめるのよ」

「男女の関係についてなにも知らないなんて言っていたわりにはすごいわね」

「学生時代に、結婚と家族に関する講座をとっていたのよ」

「評価はAだったんでしょうね」

「じつはそうなの」ケリーが優しくほほえんだ。「さあ、質問に答えて」

「ええと、そうね。シアトルに戻っても大丈夫だと思うわ。あの町は大好きだから。あなたとディディに会えなくなるのは寂しいけど。それにタナーにも。でもまた会えるわ。そんなに遠く離れているわけではないんだから」

「彼はあなたに心を開いてくれていると思いますか?」

「そんなことを尋ねるほうが不思議だわ。もちろんそう思っているわよ。日に日にその思いを強くしているわ」

「それなら、ただ単に時間的な問題かもしれないわね。今は我慢して、向こうが話す気になったときに打ち明けてもらうしかないんじゃないかしら」

「ケリー。冗談抜きで、あなたって本当にすごいわ」

「褒めてくれてありがとう。だけど、PWPで出会った麻酔専門医以来、わたしがセックスと無縁の生活をしているという事実に変わりはないんですからね」

その夜のパーティには、ケリーの家の近所の住人や、仕事仲間が集まった。そのほかには、ディディと同じ学校に通っている子供たちの両親も何組か招かれていた。

タナーはひとりでパーティにやってきた。彼はビールを探しに来たと言って、ケリーとヘイリーがオーブンからとり出した前菜を大皿に並べているところに現れ、キッチンをうろうろしながらバゲットに具をのせたクロスティーニの味見をはじめた。

タナーが皿に盛ったばかりの焼きピーマンとモッツァレラチーズに手を伸ばしてきたので、ケリーは彼を肘で突いた。「どうしても食べたかったら、天板の上からとってもらえないかしら？」

タナーが肩をすくめた。「かまわないよ」ひとつ手にとり、ひょいと口のなかに入れる。

「そういえば、恋人を連れてくると言っていなかったかしらね」ケリーはぶつぶつ言った。

不満そうにタナーが返した。「おまえがぼくのことをとやかく言えるのか？」

マーカスがキッチンに入ってきて、ヘイリーを抱きしめた。「ジェニーはぐっすり眠っていたよ」ジェニーは、客間からケリーのベッドルームへと移動されていた。客間は今夜、パーティ客の荷物置き場として使われるからだ。

ヘイリーは振り向いてマーカスとキスを交わしてから、盛りつけ作業に戻った。

ケリーが言った。「あなたたちったら、いやになるくらい幸せそうね。別の会合にも顔を出さなくちゃ、っていう気にさせられるわ」

ヘイリーが笑うと、タナーがまた不満そうに言った。「なにがおかしいんだ？」

「ちょっとした内輪の話よ」料理をいっぱいに盛りつけた皿をケリーはタナーに渡した。「さあ、これをダイニングルームのテーブルまで運んでちょうだい。全部食べちゃだめよ。少しはお客様にも残しておいてね」

タナーが顔をしかめた。「ぼくだって客じゃないか」

ケリーはタナーの肩をつかんで向きを変えさせると、彼を押した。「ほら、いいから行くわよ」そのうしろから、ヘイリーが料理を補充した皿を持ってケリーが続いた。

マーカスの腕のなかにヘイリーはもぐりこんだ。「聞こえる?」彼女はそう言いながら、ステレオから流れるCDの音楽に合わせて歌った。「わたしのお気に入りの曲よ」

「全部きみの好きな曲ばかりじゃないか」マーカスが身をかがめ、キスをした。長くゆっくりとした、すばらしいキスだった。

ひと息ついてヘイリーは言った。「やどりぎの下ではなかったわね」

翌日はクリスマス・イブだった。ヘイリーとマーカスは、パジャマ姿のままアパートメントでクリスマス番組を見ながら過ごした。

夜、早めにベッドに入ったふたりは、十一時を少し過ぎたころ、空腹を訴える赤ん坊の声で起こされた。授乳とおむつ交換を終えてジェニーをベビーベッドに寝かせると、ヘイリーはマーカスをリビングルームへ連れていった。

クリスマス・ツリーの電飾をつけ、ゆったりとしたクリスマス・ソングをかけてパジャマとスリッパのまま、ダンスを踊った。

「十二時だわ」曲が終わって静かになったリビングルームの真ん中に立って、ふたりで静かに体を揺らしながらヘイリーは言った。「メリー・クリスマス」

「メリー・クリスマス」マーカスがささやき返した。

ヘイリーは彼のそばから離れたが、それはもう一度曲をかけるためだった。

翌朝、ふたりでケリーの家を訪れ、プレゼントを開けた。ケリーがクリスマスの朝食にフレンチトーストを作ってくれた。そしてディナーでは大きなターキーを食べた。

すばらしいクリスマスだわ。今まででいちばん楽しいクリスマスだった。家族ができて初めてのクリスマスには、ヘイリーが夢見て想像していたものがすべてそろっていた。

二十六日の火曜日、朝食の席でヘイリーは、荷造りをはじめようと思っていることをマーカスに話した。ところが彼は、引っ越し業者にすべての荷造りをさせる手配をすでにすませていた。

マーカスは彼女に、なにもする必要がないと告げた。

ヘイリーは彼の言葉をそのまま受け入れた。午前中はアパートメントで過ごし、午後になると食料品を買いに出かけた。あと数日を暮らすのに必要なものをヘイリーが選んでいるあいだ、マーカスはジェニーを抱いて並んで歩いていた。帰りには映画を借りてきて、互いの体に腕をまわし合ったままソファに座って見た。

残りの日々もそんなふうにして流れていった。そして、テレビばかり見ているなまけ者の夫婦になったと冗談を言い合った。まもなくふたりは、互いを〝なまけ者《スパッド》〟と呼び合うようになった。

金曜日になり、サクラメントで過ごす二週間は終わりを告げた。だがマーカスが、新年を迎えるまでここにいようと提案してくれた。たった三日延ばすだけだし、この長い休暇の最後にきて〈カフェ・セントラル〉でなにか事件が起こるなどあり得ないのだからと。

その結果、ケリーは大晦日《おおみそか》に友達の家で開かれたパーティに、タナーはデートに出かけることができた。

ヘイリーとマーカスとジェニーは、ディディと一緒に家ですばらしい大晦日の夜を過ごした。ディズニー映画を二本続けて見ながら、ディディは十二時までなんとか目を開けていようと頑張っていた。

だが、十一時三十分になると、ディディはファミリールームで毛布にくるまってとうとう眠ってしまった。

新年を迎え、すべてのクリスマスの飾りをはずしてツリーを片づけたあと、ふたりは身のまわりの物をスーツケースに詰めた。ヘイリーはせつなくなった。休暇が終わろうとしていた。明日には、シアトルへ出発するのだ。

翌日、ふたりは朝八時発の飛行機に乗った。十一時前には、マーカスはマディソン・パークにある自宅ガレージのハマーの隣にジャガーを停《と》めていた。

マーカスの二階建ての家は、ヘイリーが覚えていたとおりだった。とても現代的で豪華で、洒落《しゃれ》ているが、ほんの少し潔癖な感じがした。頻繁に家政婦が訪れては掃除しているおかげで、こすると音がするほど清潔なのだ。

とりあえず、持ち運び用のジェニーのベビーベッドをマスターベッドルームに置いた。ヘイリーが荷ほどきにとりかかると、マーカスは留守番電話をチェックするために一階のホームオフィスへとおりていった。

彼はすぐに戻ってきて、更衣室を兼ねたクローゼットの入口に立った。「メッセージが三件入っていたよ。外壁業者からと民主党全国委員会から、それにボランティア団体の〈マーチ・オブ・ダイムス〉からだ。もっとちょくちょく電話番号を変えないとだめだな」

セーターを引き出しにしまいながらヘイリーは肩越しにマーカスを見た。「自宅の電話番号まで変えたの？」

「ああ、そうだよ」それ以上彼からの説明はなかった。

だからヘイリーもそれをききだすのはなんとなくばかばかしい気がした。だが、同時に奇妙なことだという印象も受けていた。引っ越しでもしない限り、普通電話番号を変えたりしない。

マーカスが言った。「きみをひとりぼっちで残していきたくはないんだが、そろそろ会社に行かなければいけないんだ」

ヘイリーはマーカスに寄り添い、彼の引き締まったウエストに腕をまわした。「ジェニーとわたしなら大丈夫よ」

マーカスはヘイリーの鼻にキスをし、手をとって一枚の紙を渡した。「警報器の最新の暗証番号と、家の新しい電話番号だ。それから念のため、これは〈カフェ・セントラル〉のぼくのオフィスの電話番号だよ。もしどこかへ出かけるなら、ハマーのキーは――」

「キッチンの秘密の隠し場所でしょう?」この家のキッチンの戸棚には隠し扉がしつらえられている。

マーカスがうなずいた。「六時までには戻ってくるよ」

「無理だと思うけど」

「なんとかする」

「じゃあ、待っているわ」ヘイリーはマーカスにいってらっしゃいのキスをしてから、荷ほどきの続きにかかった。

全部をしまい終えるのに、それほど時間はかからなかった。たいした荷物はスーツケースに詰めてこなかったのだ。彼女の衣類のほとんどは、引っ越し業者が運んできてくれることになっている。

山ほどあるのは、ジェニーのためのベビー用品だ。とりあえず、マスターベッドルームにある広いクローゼット兼更衣室に備えつけられた空っぽの引き出しに、ジェニーの服を片づけた。これで出し入れがしやすくなったわ。

サクラメントを出発したとき、空はどんよりと曇っていた。シアトルの空も同じようにどんよりしており、そのうえ寒かった。通りや歩道には、最近の悪天候で積もった雪がまだあちこちに残っている。ヘイリーはベッドの端に腰かけ、ひと休みした。キングサイズよりさらに大きく、つや消し加工を施したスチール製のヘッドボードがついたベッドには、雲の色をしたキルト風のベッドカバーがかかっていた。彼女は大きな窓の外の空と、その下のワシントン湖のきらきらとした水面を見つめた。

あの小さなアパートメントと古くて使い勝手のいい家具が、早くも恋しかった。でも、だめね。どれもこの豪華な家にはそぐわないから、持ってくることはできないわ。どうしても手放せなかったいくつかのもの以外は、来週の火曜日に福祉団体に引きとられることになっている。

ため息をついて仰向けに寝転がり、これからこの家をどんなふうに模様替えしていこうか想像した。もっと明るい色を使うと効果的ね。それにわたしの大切な宝物が届いたら、さっそくあちこちに飾ることにしよう。

以前この家で過ごしたとき、心からここが自分の家だと思えたことはなかった。今回は違うはずだ。それを確かめようとヘイリーは思った。

「よし、決まりだ。ほかには?」マーカスは尋ねた。

彼の机の脇にある椅子からジョイスが立ちあがった。「以上です。では打ち合わせどおりに、明日の会議をセッティングしておきます」

またしても、エイドリアーナからの電話について言及されることはなかった。「ありがとう、ジョイス」

秘書は退室していった。

エイドリアーナが最後に連絡をとろうとしてきてから、もう二週間以上たつ。ようやくエイドリアーナも、ぼくがもう二度と彼女と会ったり話したりしたくないと思っているという事実を受け入れたに違いない。

このことをヘイリーに黙っておいて本当によかった。彼女には知らせる必要がないという判断は、間違っていなかったのだ。

いい気分に浸りながらマーカスはゆったりと椅子に座った。三十分以内に、中部カリフォルニア市場拡大事業の責任者と会議を行う予定になっている。そのほかに最優先でかけなければならない電話が二、三あるが、それがすんだらあとは部下たちと直接連絡をとり、本筋からはずれた業務を再び軌道にのせればいいだけだ。

ひょっとすると六時までに帰宅して、ヘイリーを驚かせることができるかもしれない。

四時を少しまわったころ、玄関のチャイムが鳴った。ちょうど、ジェニーのおむつを換えたところだった。ヘイリーはジェニーに寝間着を着せてスナップを留めると、ふわふわの毛布でくるんで腕に抱き、階段をおりて玄関ホールへ向かった。

待ちきれない様子で、再びチャイムが鳴った。ヘイリーが大きなドアを開けると、グレーの敷石を敷いた階段にひとりの女性が立っていた。黒いスキニーパンツに厚底のハイヒールを履き、裾《すそ》の広がったカシミヤの、丈の短いジャケットを着ている。

細い手で、女性がふさふさとしたみごとなブロンドの髪をかきあげた。「あなたがヘイリーね」うんざりしたような見下した口調で言う。琥珀《こはく》色の目でゆっくりとヘイリーの化粧っ気のない顔や、大きすぎるセーター、だぶだぶのコーデュロイのパンツや、履き心地のいい靴を眺めた。「お会いするのは初めてね」

ジェニーを抱く腕にヘイリーは力をこめた。写真を見たことはなくても、この女性が誰なのかわかる気がした。そこにはなにかがあったのだ。特別な権利でも持っているかのような雰囲気。お金のにおい。欲しいものはなんでも自分のものになるという、絶対的な確信。

この瞬間、彼女のなかですべてのピースがはまった。直感は正しかったのだ。マーカスを悩ませていたものは確かに存在していた。

今、それがなにかわかった。

13

「あなたがエイドリアーナね」ヘイリーは冷静に言った。「マーカスからあなたのことはよく聞いているわ」ブロンドの女性の非の打ちどころのない顔に、疑うような驚きの色が浮かんだのを見て、ヘイリーはこのうえない満足感を覚えた。「ごめんなさい。マーカスはまだ帰ってきていないの。会社のほうを訪ねていただけるかしら」そしてすばやくドアを閉めようとした。

ドアが閉まる直前、エイドリアーナがデザイナーズブランドの靴を履いた足を突っこんできた。「わたしはあなたと話をするために来たのよ」

ヘイリーは、その用件を聞くために目の前の女性を通すべきだろうかと考えてみた。いいえ、やめたほうがいい。そんなことをすれば、問題が起きるだけだ。それも致命的な問題が。「よく聞いて。わたしはあまりあなたをこの家に入れたくないの。マーカスが話してくれたこと以外、あなたのことはなにも知らないから。正直言って、こんなふうにいきなり訪ねてくるのは失礼だと思うわ。彼からも、あなたが……今日立ち寄ることは聞いていないし。当然よね、あなたがここに来るなんてマーカスは夢にも思っていないんだから」

再びエイドリアーナがブロンドの髪をかきあげた。冬の午後の灰色の光のなかでさえも、その髪は純金のようにきらきらと輝いていた。「赤ん坊ができたのね」彼女がつぶやいた。「知ってはいたけれど、信じられなかったわ。マーカスは子供なんて欲しいと思ったこともないはずだもの。でも、彼は本当に立派な人だわ。だからあなたと結婚したのね。そうしなければいけないと感じたんでしょう。本当に……時代遅れだわ。だけど、それが彼の魅力でもあるのよね。ああ、なんてばかな人なのかしら」

「お願いだから、足をそこからどかしてもらえないかしら？」

エイドリアーナは足を動かさなかった。「わたし、シアトルに戻ってきたばかりなの。もうどこにも行かないわ。だからマーカスは、わたしと話をしないわけにはいかなくなったのよ。彼にそう伝えることをおすすめするわ」

ひどいののしりの言葉を口にしたい衝動を、ヘイリーは必死で抑えた。このような状況では、自制心がなにより重要なのだ。「その足を引っこめてちょうだい。さあ」突然鼓動が速くなり、彼女は気分が悪くなった。母親の苦痛を察知したジェニーがぐずりはじめる。「あなたにはマーカスをつなぎ止めておくことはできないわ。彼はわたしのものよ。マーマーカス自身もそのことをよくわかっているわ」

ヘイリーはジェニーを揺すりながら、ベルベットのようになめらかなこめかみにキスをした。そしてなだめるようにささやく。「しいっ」

エイドリアーナはまだ足をドアにはさんでいた。「あなたは自分の立場というものを思い知るべきだと思うわ」

ヘイリーはジェニーの背中を叩《たた》き、頭を撫《な》でた。それから自分でも驚くほど穏やかな自信にあふれた態度で言った。「わたしからあなたに話すことはなにもないわ。もう帰ってほしいと何度も言っているでしょう？　この家は周囲をゲートとフェンスで囲まれているのよ。どうして守衛があなたをなかに入れたのかは知らないけれど、ここであなたは歓迎されていないの。警備会社に電話して追いだしてもらわないといけないのかしら？」

「どうせ、そんなことはできないくせに」

「ほら、そうされたら困るんでしょう？　探偵でも雇って調べたのかもしれないけれど、それだけではわたしのことを知っているということにはならないのよ。次にわたしがなにをするか、あなたにはさっぱりわからないのだから」

ふたりはにらみ合った。

エイドリアーナのほうが最初にまばたきをしたので、ヘイリーは驚いた。

ドアの前からエイドリアーナの足が動いた。「マーカスに伝えて。大人げないって。わたしは彼に会わないといけないの。必ず会ってみせるわ」

ヘイリーは返事さえしなかった。ドアを閉めてデッドボルトをかけた。

とたんに、膝ががくがく震えだし、頑丈な木のドアにもたれて呼吸を元に戻そうとした。

ジェニーが泣き声をあげた。

ヘイリーはジェニーの小さな背中を撫でながら、優しく横に揺らした。「大丈夫よ、心配いらないわ。大丈夫……」

ところが、少しも大丈夫ではなかった。

ジェニーが落ち着くと、ヘイリーはすぐに娘をベビーベッドに寝かせた。そして電話を手にしてマーカスの携帯情報端末《PDA》の番号を押した。しかし、最後のボタンを押す前に切ってしまった。これは電話で話すようなことではないわ。

窓の外のどんよりした空を見つめながら、これからどうすべきか考えた。

ケリー……。

今ほど姉を恋しく思ったことはない。この時間では、ケリーは仕事中だろう。だけどひょっとしたら幸運に恵まれて、休憩時間中の彼女をつかまえられるかもしれない。ヘイリーは再び電話に手を伸ばし、ケリーの携帯電話の番号を半分まで押した。そこでまた手を止めた。

ちょっと待って。落ち着くのよ。ヘイリーのなかの賢明な部分が言った。

なにをそんなに恐れているの？　エイドリアーナは、家に押し入って攻撃してきたわけじゃないでしょう？　だが、可能な限りのダメージをヘイリーに与えていった。

そのダメージは充分すぎるほどだった。

エイドリアーナは言っていた。〝マーカスは、わたしと話をしないわけにはいかなくなったのよ〟と。そして〝マーカスに伝えて。大人げないって。わたしは彼に会わないといけないの〟とも。

ということは、マーカスは彼女と会うことを拒んでいたんだわ。どのくらいの期間かしら？

すぐに想像はついた。なにかがおかしいと感じた、あの夜からだわ。電話で話した夜。わたしをサクラメントに残して、マーカスがふたりで一緒に二週間を過ごす段どりをつけるために、このシアトルに戻っていたときだ。

なんてことかしら。ラスベガスで開かれた一族のパーティへ行く前じゃない。三週間近くもわたしに黙っていたなんて。

マーカスが電話をかけてきたのは、七時半をまわったころだった。「ぼくは最低だな。わかっているんだ、約束の時間を過ぎてしまったことは。でも今、家に向かっているから」

「よかったわ」

「おなかは空《す》いているかい？　イタリア料理なんてどうかな？　ぼくが——」

「食べる物はあるわ。ジェニーを連れて買い物に出かけたの」実際、それでヘイリーの心は癒《いや》されていた。買ってきた食料品をしまうころにはエイドリアーナとのひと幕を、多少は客観的にとらえられるようになっていた。

状況がいいとは言えない。だけど、この世の終わりというわけでもないわ。わたしが終わらせない限りは。

「きみこそまさに理想の女性だよ」マーカスがからかった。

「ラザニアとサラダだけよ」

「ほらね。きみはぼくの心が読めるんだ。イタリア料理——まさしくぼくが食べたかったものじゃないか。あと三十分で着くよ」

「待っているわ」

マーカスが帰ったとき、ヘイリーは二階にいた。ちょうどジェニーの授乳とおむつ交換を終え、ベビーベッドに寝かせようとしているところだった。

彼は背後から近づいてきて、ヘイリーの体に腕をまわした。「ああ。いい香りだ」彼女の首筋に鼻をすり寄せる。ヘイリーはため息をついて、もしかするとエイドリアーナのことを話すのは少なくとも食事を終えるまでは待ったほうがいいかもしれない、と考えた。だが、今問題なのは互いに対する誠実さなのだ。これ以上話を先延ばしにしたら、わたしがマーカスに対して正直でなくなってしまう。一緒にテーブルにつき、ともに食事をし、今日一日の話を聞き、自分がどんなに彼を愛しているか、そしてこの問題が消え去ってくれることをどれほど願っているかを考える時間を自分に与え、できるだけ話を先送りにするということは……。

それでは嘘《うそ》をつくことになってしまう。

今ここで肝心なのは、嘘をつかないということなのだから。

マーカスの腕のなかで、ヘイリーは体の向きを変えた。

彼はヘイリーの目をひと目見たとたん、なにかがおかしいことに気づいた。マーカスが両手で彼女の顔を包みこむ。「どうしたんだい？」

ヘイリーはマーカスの手をほどいて、足を踏みだした。「下に行きましょう」

ふたりはリビングルームのベージュのソファに落ち着いた。階上のマスターベッドルーム同様、その部屋も湖に面していた。一階なので、見えるものと言ったら家のまわりをとり囲む冬枯れの木立ばかりだが、今その木々は地面に効果的に配置されたランタンの明かりに照らされていた。湖の沖合では船首と船尾に照明をつけたボートが、暗く輝く水面で小刻みに浮き沈みを繰り返している。空は雲に覆われ、星も見えなかった。

「なにがあったんだい?」再びマーカスが尋ねた。不安そうな目の上で黒くまっすぐな眉がひそめられている。

ヘイリーははっきりと言った。「今日、エイドリアーナがここに来たの」

殴られたかのようにマーカスがたじろいだ。彼はひと言、悪態をついた。

ヘイリーは続けた。「いきなり玄関に彼女が現れて、本当に……びっくりしたわ」

マーカスがさらに眉をひそめた。「どうやって守衛の前を通過したんだろう?」

「それはエイドリアーナにきいてちょうだい。彼女はわたしの名前を知っていたわ。それにジェニーのことも。シアトルに戻ってきたばかりだとも言っていた。あなたが家にいないことを伝えたら、わたしに会いに来たんだと言ったわ。それから、あなたは彼女と話をしないわけにはいかなくなったとか、そんなことを言いはじめたの。あなたは大人げない、彼女はあなたに会う必要があるから、連絡をしてほしいと伝えてくれって」

マーカスが悪態を繰り返した。「とても信じられない」

「ええ、そうね。言いたいことはわかるわ。恐ろしいほどの決意を秘めた人だった。あなたは自分のものだとわからせるためなら、なんだってするだろうと思うと気分が悪くなるの。正直に言うけれどわたしはエイドリアーナと会ってパニックに襲われたわ」

「なんてことだ、ヘイリー。本当にすまない。もう二度ときみにそんな思いはさせないよ。約束する」マーカスがヘイリーの手をとろうとした。

だが彼女は手を引っこめた。「以前からエイドリアーナは連絡してきていたのね？」

「ヘイリー」

「お願い。質問に答えてちょうだい。本当のことを言って。わたしが求めているのは真実とわかっているでしょう？　いつだってそうよ。わたしたちのあいだでは、正直であることが肝心なの。今日より前にも、彼女から連絡があったの？」

マーカスは一瞬黙ったが、とうとう口を開いた。「ああ。きみと一緒に二週間を過ごすために仕事の調整をしようとシアトルへ戻っていたとき、ＰＤＡに電話がかかってきた。ぼくにとってはもう終わったことだったから、やり直したくないと言った。もう二度と電話しないでくれと。以来家に電話がかかってくるようになった」

「だから電話番号を変えたのね。エイドリアーナが電話をかけられないように」

「連絡がつかなくなれば、彼女もあきらめると思ったんだ」

「マーカス」

「頼むから……そんな目で見ないでくれ」

「その程度のことであの人があきらめるなんて、よくそんなふうに思えたわね」

「そう願ったんだ。それがそんなに悪いことか？」

「非現実的だわ。エイドリアーナの頭は……あなたのことでいっぱいよ。わたしはあの人のことは知らないけれど、それでも彼女があきらめるなんて考えられなかったでしょうね。

あなたも言っていたじゃない。エイドリアーナは反抗することを楽しんでいた、と」

「きみにはわからないよ」

「いいえ。わかっていると思うわ」

「どういう意味だい？」

「あなたは彼女を忘れていないのよ」

「ばかな。そんなはずはない」

「もしかしたら、忘れたいと思っているのかもしれないし、忘れたと信じこんでいるのかもしれない。でも、本当にエイドリアーナのことなんかなんとも思っていないのなら、正々堂々とこの状況に対処しただろうし、彼女から連絡があったこともわたしに話してくれていたと思うわ」

「彼女には二度と電話しないでくれと言った。電話番号も変えた。ぼくたちがラスベガスに行っているあいだに、エイドリアーナから二度会社に電話がかかってきたらしいが、そのあとは連絡してくることがなくなった。それから今日まではなにもなかったんだ。ぼくは彼女がわかってくれたんだと思った。今の夫のところへ戻ったか、もしくは……あきらめたと思ったんだ。くそっ。わけがわからない。エイドリアーナに邪魔をされることはもうないと思っていたのに」

ヘイリーはマーカスのそばから離れた。

「ああ、ヘイリー。頼むから……」

彼女は手でさえぎった。「わたしがどうしてもわからないのは、あなたはどうして話してくれなかったんだろう、ということよ。その疑問がどうしても頭から離れないの。あなたは三週間近くもわたしに嘘をついていたことになるのよ」

「そうだな」

「マーカス。あなたは嘘をついていて、そのことを自分でもわかっていたのね」

低くいらだった声でマーカスが言った。「そのとおりだ。だが嘘をつきたくてついたわけじゃない」

「嘘は嘘よ。どんなきれいごとを言おうとしても」

「聞いてくれ。今となってみれば、きみに言うべきだったとわかる。だけどあのときは本当に、きみは知る必要のないことだと思ったんだ」

「でも、知る必要があったのよ。わたしたちがともに人生を歩いていくためには、いつだって信頼し合うことが必要なの。それに、真実を伝えることが。わたしは、あなたがわたしも知るべきだと考えることだけを知って人生を歩みたいとは思わないわ。もっとよくお互いのことを知ってもいいはずよ。わたしたち、ふたりともね」

マーカスの目に怒りの炎が揺れた。「エイドリアーナとぼくとのあいだにはなにもない」

「なにかあるなんて言っていないわ」

「それなら、どうしてきみはそんなに怒っているんだ？」

「理由はあなたにもわかっているでしょう？　何度も言ったじゃない。それに、あなたがずっと嘘をついていたことだけでなく、今日わたしを不安な気持ちにさせたことも原因ね」

「ヘイリー……」

「ドアを開けたらあなたの前妻がそこに立っているなんて、思ってもみなかった。なにが起きているのかあなたが話しておいてくれなかったせいで、わたしにはなんの覚悟もできていなかったのよ」

「もう終わったと思っていたんだ」

「エイドリアーナならそうは言わないでしょうね。実際、今日の午後に来たときも言わなかったわ」

「ああ、ヘイリー……」マーカスの声はしだいに小さくなっていった。彼が立ちあがり、窓のほうへ行って首のうしろをこすりながら湖の向こうに目をやるのを、ヘイリーはじっと見つめた。それは……どこか悲しげな仕草だった。疲れ果てているようにも見えた。

ああ。どんなにマーカスを愛していることか。こんなにも愛しているのだから、マーカスが完全にわたしのものでなくてもきっと耐えられるようになるわ。彼の口から愛の言葉を聞けなくても、楽しく生きていけるようになるだろう。

だけど……この嘘だけは耐えられない。真実を隠しておいて、それはわたしのためだったと説得しようとしている、この嘘だけは。これを受け入れて生きていくことは、どうしてもできなかった。

ついにマーカスがヘイリーと向き合った。「きみの口ぶりだと、まるでぼくがエイドリアーナと浮気でもしていたかのようだね」

「いいえ。それは違うわ。彼女と浮気なんかしていないことはわかっているもの。あなたはそんなことをするような人じゃない。問題は、正直さをなによりもわたしが求めていると知っていながら、あなたが嘘をついていたことよ」

「やめてくれ。ぼくが黙っていたのは、このことを知ったらきみが動揺するとわかっていたからだ。どうやらそのとおりだったようだが」

ヘイリーは頭を振った。「だめよ。そんな言いわけ、わたしには通用しないわ。わたしを動揺させないために大切なことを黙っていただなんて。わたしは現実から守ってもらわないと生きていけないような、弱々しい小さな花なんかではないの。わたしの父親は犯罪者で、山ほど妻がいる大嘘つきだった。母親はノイローゼで、わたしを育てもしないくせに手放してもくれなかった。現実の世界なら、いやと言うほど知っているわ。つらすぎる真実を受け入れる方法だって」

「だから、ぼくが間違っていたと言ったじゃないか。これ以上なんて言えばいいのかわからないよ。ただ、これだけはきみに誓える。ぼくは今後いっさいエイドリアーナとかかわり合うつもりはない。離婚して以来、彼女とはなんの関係もなかった。三週間ほど前に、たった一度電話で話しただけだ。ぼくは彼女に、二度と電話をかけてくるなと言って電話を切った。これがすべてだ」

「ああ、マーカス。あなたはわたしに嘘をついているだけじゃなくて、自分自身のこともだましているのね」

「どういう意味だ？」

「あなたは今でもエイドリアーナとかかわっているわ」

「あり得ないよ」

「いいえ、そうなのよ。あなたはまだはっきり自覚していないんだわ。自分が彼女のことを本当はどう思っているのか。あなたはエイドリアーナから逃げているのよ、マーカス。彼女と直面することを恐れているだけ」

「そんなでたらめを――」

「いいえ。お願いだから、考えてみて。もしあなたが彼女とかかわることを恐れていないのなら、もし本当に彼女とは完全に終わっているのなら、エイドリアーナが電話してきたことを話してくれたと思うの。そうすればわたしは、彼女にわたしたちの結婚生活を脅かされたりしないと確信できたわ」

「冗談じゃない。きみもエイドリアーナに会ったんだからわかるだろう。彼女は今に、必ず問題を起こす。あの女は危険なんだ。次になにをするか、誰にもわからないんだぞ」

ヘイリーは立ちあがった。じっと座っていることができなかったのだ。「どうしても認めないのね」

一見、マーカスの表情には変化がないように見えた。その瞳に怒りの炎が燃えている以外は。「ぼくになんて言ってほしいんだ？　数えきれないくらい言ったが、もう一度言おう。ぼくは自分の立場をわかっている。ぼくはきみと一緒にいたいんだ。あんな女とはもうなんの関係もない」

ヘイリーは彼を信じたかった。だが、どうしてもできなかった。「なんの関係もないなら、わたしに嘘をつく必要はないわ」

マーカスがさらに悪態をついた。「いつになったらぼくの話を聞いてくれるんだ？　いつになったら聞く耳を持つ？　まるで煉瓦《れんが》の壁に向かって話しているみたいだ」彼がヘイリーのほうへ足を踏みだした。

ヘイリーは手をあげて彼を制した。「やめて。本気よ。こっちに来ないで」

向きを変えたマーカスは家の裏手へ向かった。

沈黙のなか、時が過ぎていった。ガレージへと続くドアが開閉する音が聞こえたわけではなかったが、ヘイリーにはマーカスが出ていったのがわかった。

再びヘイリーはゆっくりとソファに体を沈めた。そこに座ったまま、冬枯れの木の枝や湖、暗闇《くらやみ》に浮き沈みするボートの明かりを長いあいだ見つめていた。

14

数日が過ぎた。

水曜日。木曜日。金曜日。

マーカスは朝早く仕事に出かけ、夜遅くなるまで帰ってこなかった。エイドリアーナのことについてはなにも言わなかった。マーカスが彼女に連絡をとったのかどうか、ヘイリーにはわからなかった。ヘイリーは尋ねなかったし、彼も言わなかった。

ふたりのあいだの沈黙は、海のように深くて広く、石のように頑強だった。その沈黙を破り、できてしまった溝を埋める方法を見つけるべきだということはわかっていた。マーカスをひどく傷つけてしまったことも。嘘《うそ》つき呼ばわりしたうえに、彼を捨ててほかの男性のもとへ走った前妻にまだ未練があるのだろうと言って責めたのだから。

マーカスは、真実を隠しておくことでわたしを守っていると思っていた。恥ずかしくない行動をとったと心から信じていたのだ。それもわかっている。そして彼がけっしてわたしを裏切るようなまねはしないということも。そのような行動はマーカスらしからぬものだ。彼は心底誠実な人なのだから。

けれども、どこかでまだマーカスはエイドリアーナと結びついている。マーカスがそのことを認めない限り、わたしに真実を隠した根本的な理由が彼にはわからないだろう。なぜそんなことをしたのかという理由をごまかし続けるのだ。わたしにも、自分自身にも。

心のどこかにもやもやが残ってはいたが、ヘイリーは形だけでもマーカスの妻として新しい生活をはじめるふりをしようとした。ペンキ店に行ってどの部屋にも使える明るい色のペンキを選び、翌週塗装に来てもらうよう手配した。ジェニーの部屋の塗り替えが終わったら、サクラメントのアパートメントで描《か》いたような壁画を描こうと考えた。なにか明るくて子供らしいものがいい。だが、はっきりとは決めかねていた。思いつく限り、あらゆるものをスケッチしてみたが、なにを描くかは決まらなかった。

虹《にじ》はふさわしくない気がした。ヘイリーとマーカスが初めて衝突した、この大きな問題が解決されないうちは虹ではないのだ。虹のことを考えるたびにいつも思いだすのは、サクラメントのジェニーの部屋で初めてマーカスがそれを見たときのことだ。いつもの用心深い彼の顔に、物思いにふけるような、希望に満ちた表情が浮かんでいた。

だめだ。今は虹は描けない。

金曜日の夜、ようやく仕事から帰ってきたマーカスがヘイリーのいる大きなベッドにそっと潜りこんできた。同じベッドでありながら、ふたりのあいだにはひどく距離があった。

ヘイリーは彼の近くまで行ってその体に腕をまわし、こうささやきかけたくてしかたがなかった。〝ごめんなさい。どうかあのことはもう忘れてちょうだい。また今までどおりにやっていきましょう〟

でも、どういうわけかそれができなかった。このダメージは彼に与えられたものだと思うと、謝れないのだ。

元に戻ることはないだろう。今後ふたりの関係は良くなる可能性もあれば悪くなる可能性もある。いずれにせよ、けっして元どおりにはならない。幸せで夢のようだったあの結婚当初の日々はもう終わってしまったのだ。最初のけんかをしてしまったから。

問題はとても根深かった。

そう、すべての関係には歩み寄りというものが欠かせない。結婚生活を続けていくためには、ギブアンドテイクが必要だ。夫婦のうちのどちらかが、ある時点で先に行動を起こさなくてはならない。手を伸ばして、すきまを埋めようとする努力をしなくてはならないのだ。

マーカスのほうでそのような努力をする素振りはまだ見せていない。彼から歩み寄るには、あまりにも怒りが大きかったのだ。

ずいぶんたってからようやくヘイリーは浅い眠りについたが、リビングルームに置いてある急ごしらえのベビーベッドで寝ているジェニーがぐずりはじめ、一時間の睡眠で起こされてしまった。
「ぼくが行こう」巨大なベッドのはるか向こうから、マーカスが小さな声で言った。
「いいえ。大丈夫よ。おなかが空《す》いたんだと思うから、わたしが行くわ」

翌朝ヘイリーが目覚めると、マーカスはすでに出かけたあとだった。土曜日にまで仕事をするのは、今にはじまったことではない。彼が長時間働くことは結婚当初からわかっていた。ただ、ふたりが問題を抱えている今は、それがずるいように思えた。

赤ん坊がぐずぐずと泣く声がリビングルームから聞こえてきた。ジェニーがまたおなかを空かせているらしい。

ヘイリーは赤ん坊に授乳し、おむつを換えた。それからジェニーを連れて一階へおり、キッチンに設置したベビーサークルに入れた。彼女はお茶を淹《い》れるための湯をわかし、トースターにパンをセットしてフライパンに卵をふたつ割り入れた。そのとき、電話のベルが鳴った。

胃が締めつけられ、鼓動が速くなる。マーカスからかもしれない。ついに彼が行動を起こしたのかしら。あるいは、あのエイドリアーナが電話をかけてきたのかもしれないわ。次の奇襲をしかけてきたのだろうか。

だが電話機のディスプレイには、そのどちらでもない名前が表示されていた。ヘイリーは笑顔で受話器を耳にあてた。「ケリー！」

からかうようなケリーの声が聞こえてきた。「いったいどうしちゃったの？　電話もかけてこないなんて……」

だってケリーと話したら、泣き言を並べたててしまうに決まっているから。ケリーには心配をかけたくなかった。「ごめんなさい。ちょっとごたごたしていたものだから」

「そんなことだろうと思っていたわ。本当は、もう少したって落ち着くのを待ってから連絡しようと思っていたの。でも、あなたがいないと寂しくてしかたがなくて。ちょっと話を聞いてくれる？」ケリーが小さく鼻をすすった。

「そんなこと言わないでちょうだい。わたしだって同じなんだから」卵を割り入れたフライパンの火を消し、ペーパータオルをとって、突然あふれてきた涙をそっと押さえた。

「わたしもすごく寂しいわ。思っていた以上よ」

「少し待って。鼻をかませて」続いて大きな音が響いた。

ヘイリーは笑った。「大丈夫？」

「ちょっとよくなったわ。じつは今日は、あなたがいなくなってどんなに寂しいか嘆くためだけに電話したわけじゃないのよ」

「どうかしたの？」

「最初に言っておくわね。タナーには、あなたを心配させないようにと言われているの。

そんなの無理だってわたしはこたえたんだけど。あなたも知りたいでしょうし。だから、どうか落ち着いて聞いてね。それほど恐ろしいことではないの。ええと、つまり、いい知らせじゃないんだけど――」

「え？」

「ケリー」

「いったいなにがあったの？」

「昨夜、タナーがトラックにはねられたの」

「嘘でしょう」ヘイリーは椅子に座りこんだ。「それで彼は……？」

「命に別状はないわ。腕と足を折って、何本か肋骨《ろっこつ》にひびが入ったの。それから脳震盪《のうしんとう》も起こしているけど、じきによくなるでしょうって。トラックの運転手の飲酒運転だったそうよ。それで、そのばか者にはかすり傷ひとつなかったんですって」

「タナーは今どこにいるの？」

「〈サッター総合病院〉よ。無理やり入院させたの。彼がどんな様子だったか想像できるでしょう？　一瞬だってじっとしていられないんですもの。これから何週間かはあまり動けないわね。それでひどくいらだっているわ。動けないと仕事ができないって。タナーは仕事を逃すことが耐えられないのよ。だけど正直な話、いくつかの仕事は逃すことになるでしょうね。それでも大丈夫だって、わたしは繰り返し言っているのよ。彼をはねた運転手が多額の賠償金を支払ってくれるし、タナーは保険にも入っていて銀行に預金もある。でも、わかるでしょう？　問題はお金じゃないの。自分で自分がコントロールできないだなんて、わたしたちの兄さんはその状態に耐えられないのよ」

「だけどタナーは……大丈夫なのよね？　そうよね？」

「ええ、そのうちよくなるわ」

「今はどんな様子なの？」

「全身傷だらけよ。ほとんど動けないわ。包帯でぐるぐる巻きにされて、目のところだけすきまが開いているの」

「なんてこと。重傷じゃない」

「ところでわたし、心底タナーが怒っていることは言ったかしら？」

　ヘイリーは立ちあがった。「ねえ、あなただけに任せておくわけにはいかないわ。これからわたしもそっちへ行く。飛行機の到着時刻がわかりしだい、電話するわね」

「なんですって？　あなたには生後三週間の赤ちゃんがいるのよ。それから新婚のだんなさまも。あなたが新居を留守にする必要はないわよ。なにも死にかけているわけじゃないんだから。タナーは元気になるわ。ただ、あなたにも知らせておきたかっただけなの」

「ええ、もちろんよ。でも行くわ」

「ヘイリー、だめよ。あなたが来る必要は――」

「もう聞いたわ。でもわたしは行くから。だからだめだなんて言わないで」

ヘイリーはマーカスに電話をかけた。彼と電話で話すのは、大げんかをした火曜日の夜以来だ。電話に出たマーカスは驚いていた。

「なんだい?」用心深い、はっきりしない態度で彼が応じた。

「わたし、あの、ケリーから電話があったの。タナーが交通事故に遭ったんですって」

これには反応があった。「本当かい? 彼は大丈夫なのか?」

「命に別状はないみたい。だけど入院していて、かなり混乱しているようなの。わたし、思いきって行ってこようかと思うんだけど……」

重々しい沈黙が広がった。やがてマーカスが言った。「もちろんだ。すぐにジェット機を手配しよう」

「まあ。それには及ばないわ」

「そんなことはない。会社のジェット機があるのに、わざわざジェニーを民間の飛行機に乗せることはないだろう」

「マーカス。ジェニーなら大丈夫よ」

「だめだ。迎えの車をやる」

「でも、わたし——」

「二時間あれば支度できるかい？」

「だけど――」

「ぼくの娘をサクラメントに連れていくなら、絶対にぼくのジェット機を使うんだ」

それで決着はついた。「わかった。二時間後ね。それまでに準備しておくわ」

「タナーによろしく伝えてくれ。必要なものがあれば知らせてほしいと」

「ええ。確かに伝えるわ」

「気をつけて」

「ありがとう」

マーカスが電話を切った。

いつシアトルに帰ってくるのか、ヘイリーは言わなかった。そして彼からも尋ねられなかった。


「ここでいったいなにをしているんだ？」ヘイリーが病室に入っていくと、タナーが怒鳴るように言った。

「会えてうれしいわ。あなたは怒っているみたいだけど」タナーはミイラのように包帯で体をぐるぐる巻きにされ、点滴につながれていた。見た限りでは、具合がよさそうには見えなかった。包帯の下は全身が腫《は》れあがり、打撲による青黒いあざができているらしい。

「赤ん坊は？」

「待合室でケリーが見てくれているわ。ああ、タナー……」ヘイリーは兄に近づき、ガーゼで覆われた肩にそっと手をのせた。「かわいそうに。きっと痛むんでしょうね」

鼻を鳴らすような音をタナーが出した。「マーカスまで連れてきたのか？」

「いいえ。彼はシアトルにいるわ」

「そうか、少なくともふたりのうちひとりは良識があったというわけだ」

「マーカスが……よろしく伝えてくれと言っていたわ。もしなにか必要なものがあれば知らせてほしいって」

「ぼくに必要なのは、このベッドから出て自分の生活に戻ることだ。やらなければいけない仕事があるんでね」

「残念ながら、その手助けはマーカスにもできないと思うわ」

タナーが悪態をついた。「おまえは来るべきじゃなかったんだ。ぼくは大丈夫なんだから、わざわざ来ることはなかったのに」

「誰もわたしを止められなかったのよ」

「そうか」咳払《せきばら》いをして、タナーはぶっきらぼうに言った。「でも会えてうれしいよ」

ヘイリーは身をかがめ、兄の頭に巻かれた包帯にそっとキスをした。「わたしもよ。それにしても本当にひどい姿ね」

タナーが低い声で笑い、うめき声をあげた。「わかっているよ。それからぼくを笑わせないでくれるかな？　笑うとものすごく痛むんだ」

マーカスはきちんと整えられたベッドの上に座っていた。もう真夜中過ぎだった。できるだけ長くオフィスにいたのだ。

だがついに、この空っぽの家に戻らなくてはならなくなった。

彼はグレーのキルトのなめらかな布地を撫《な》でた。ヘイリーのいないこのベッドで、ひとりで眠らなければならないなんて。

とはいえ、同じベッドで寝ていながら、互いに相手がいなければいいのにと思っていた、ここ数日間の最悪な夜ほどいやなことがあるだろうか。

ヘイリーは電話さえかけてこなかった。サクラメントに無事到着したことだけでも、伝えられるはずなのに。

到着したことはすでに知っている。結局ヘイリーたちは、マーカスの会社のジェット機で行ったのだから。着いたら連絡をするよう、スタッフにあらかじめ命じておいたのだ。

さらに、ヘイリーのアパートメントの鍵《かぎ》はケリーにあずけてあるので、マーカスは彼女を姉の家に送り届けるための車まで待機させておいた。

彼は窓の外に広がる湖面の明かりに目をやったが、実際にそれを見ていたわけではなく、本当はヘイリーのアパートメントの賃貸契約が六月まで続いていることを考えていた。又貸しの手続きはケリーがしてくれることになっていたし、もう五年も乗っているヘイリーの小型車の売却はタナーに頼んだ。引っ越し業者はまだヘイリーの荷物をとりに行ってさえいない。家具はまだ部屋に残されたままだ。

その気になれば、すぐにでも元の生活に戻れる。

彼女は去っていったのだろうか。それが今、起きていることなのか？

マーカスは目を閉じた。そしてヘイリーが戻ってこないまま自分が彼女を失い、ふたりの将来には離婚と、親権のとり決めが待っているという考えを振り払った。

時間をかけなくては。ぼくたちには少し時間が必要なのだ。

翌朝八時、ヘイリーはマーカスに電話をかけた。「おはよう」

「無事に着いたんだね？」

「まったく問題なかったわ。それから、車の手配をありがとう」

「たいしたことじゃない。タナーの具合は？」

「重傷よ。それに怒っているわ。しばらくは寝たきりね」

「だけど、ちゃんとよくなるんだろう？」

「ええ。完治するそうよ。全身生まれ変わったみたいによくなるって、お医者さまが言っているわ」

「ゆっくり休むように伝えてくれ」

「タナーに選択の余地はなさそうだけど、でもわかったわ。伝えておくわね」

「ジェニーは？」

「元気よ」

「よかった」

「わたし……しばらく、ここにいようと思うの。タナーのそばに……彼が最悪の状態を過ぎるまでは……」明日、福祉団体と引っ越し業者に電話をして、アパートメントを引き払うのは延期したことを知らせよう。それからシアトルの塗装業者にも電話をして、とりあえず依頼はキャンセルしよう。ヘイリーは続けた。「ほんの少しのあいだだけだから……」

「少しのあいだ、か」マーカスが繰り返した。だが、それがどのくらいの期間なのかは尋ねなかった。沈黙が長引いた。やがて彼が言った。「わかったよ。じゃあ、また」

　電話が切れた。

　ヘイリーは受話器を握りしめた。もう一度かけなくては。今すぐに。気が変わったので明日戻ることにしたと言うのだ。今のふたりの関係には耐えられないから、問題を解決してこの沈黙を追い払い、距離を縮めたいのだと言わなくては。

　しかしそのとき、ジェニーが泣きだした。

受話器を置いて、ヘイリーは娘のもとへ向かった。そしてそのあとは、どういうわけか二度目の電話をかける気になれなかった。

ケリーが疑問を投げかけてくるようになったのは、ヘイリーがサクラメントに滞在しはじめてから二週間を過ぎたあたりのことだった。そのころにはタナーはもう退院してあちこち出歩いていた。手も骨折しているため松葉杖《づえ》をつくのも大変そうで、しょっちゅう文句を言っていたが、使い方はどんどんうまくなっていた。

土曜日のことだ。ヘイリーとケリーは、ケリーの家のキッチンにある円テーブルに座っていた。ジェニーはふかふかのチャイルドシートの上で小さな声をあげ、ディディは通り沿いにある友達の家に遊びに行っていた。老犬キャンディは部屋の角のラグの上で丸くなっている。

天板にのったままのまだあたたかいチョコレートチップクッキーを冷ますためにカウンターの上の棚に並べ、手近なテーブルについた。

「これでいいわ」ケリーが口火を切った。「やんわりとした言い方をずっと考えていたんだけど……」なにがはじまるのかヘイリーにはわかっていた。「いったいどうしちゃったの？　マーカスとのあいだになにか問題でもあるの？」

ヘイリーはマグカップのなかのカフェインレスコーヒーをじっと見つめた。「話せば長くなるわ」

ケリーが続きを待っている。だがヘイリーは話そうとしなかった。「話したくないのね？」

ヘイリーはゆっくりとうなずき、ケリーと視線を合わせた。「ありがとう。そうなの」

「ねえ、ヘイリー、ひとりで悩むなんてだめよ。わたしは心配なの。わかるでしょう？」

ケリーはテーブルに手を置いた。

ヘイリーは姉の手に自分の手を重ねた。「心配しないで。なにもかもうまくいくから」

本当にそうかしら。とてもそんなふうには思えないけれど。

すべてが間違っている。だが、ヘイリーはなにもしなかった。ただひたすら、ジェニーの世話をして、姉や兄と過ごした。

なにかを待っていた。でもなにを？

彼女自身、まったくわからなかった。


ヘイリーがジェニーを連れてサクラメントに行ってしまってから二週間と二日後、エイドリアーナが再び電話をかけてきた。マーカスの新しい携帯情報端末《PDA》にだ。

マーカスは驚かなかった。彼女の雇った探偵が新しい電話番号を突き止めたのだろう。

最初の電話がかかってきたとき、幸運にも彼は会議中だったので留守番電話につながった。

あとでメッセージをチェックしたところ、エイドリアーナからの伝言が残っていた。

〝彼女が出ていったことは知っているのよ、マーカス。あなたが欲しくもなんともなかった赤ちゃんを連れて、サクラメントに帰ったことはね。わたしはなんだって知っているの。そして待っているわ、あなたからの電話を。あなたがわたしにリオのことをつぐなわせるために、意地を張り続けるつもりなのはわかっているわ。いいの。わたしは我慢強いんだから。ただし、無理のない範囲ならね。でも最後には、あなたはわたしのところへ来なくてはならないのよ。あなたが――〟

そこで聞くのをやめて、マーカスはくだらないメッセージを消去した。残りは聞くまでもなかった。彼女がどんなメッセージを残したか、わかっていたのだ。四歳のときから聞き続けているのと、まったく同じ内容なのだから。

それ以来彼は、電話に出るときには必ずディスプレイを確認してから応答するようにした。エイドリアーナは大量のメッセージを残した。マーカスはどれひとつとして再生することなく、即座に消去ボタンを押して日々をやり過ごしていた。

たいした日常ではなかったが。

一月二十八日、日曜日。ジェニーは生後六週間になった。ケリーが日曜日の夕食に招いてくれたので、ヘイリーは喜んで招待を受けた。

食事のあと、ヘイリーが客間でジェニーに授乳をし終え、ベッドでおむつ交換をしていると、ドアをノックする音が聞こえた。

「どうぞ」

現れたのはタナーだった。松葉杖をつきながらドアから顔をのぞかせている。「ちょっとだけ、いいかな?」

ヘイリーはおむつのテープを留めた。「ええ」

足を引きずるようにして部屋に入ってきたタナーが松葉杖を壁に立てかけ、うしろ手にドアを閉めた。腕はとうに治っているのだが、脚はまだ体重をかけると痛むようだった。彼は体を支えるようにドアにもたれた。「ヘイリー……」タナーは床を見つめていた。もしかすると床ではなく、とりはずしができるギプスを見ていたのかもしれない。

「終わったわ」ジェニーの寝間着のスナップを留めてヘイリーは言った。「どうしたの?」

タナーは咳払いをして、気が進まない様子で顔をあげた。「ケリーもぼくも、おまえのことが心配なんだ。おまえとマーカスのことが」

ヘイリーはジェニーを抱きあげて肩に寄りかからせ、小さな背中を優しく撫でた。ジェニーはあくびをして満足そうなため息をつきながら首をうなだれた。そしてすぐにぐっすりと眠ってしまった。この分だと、ケリーが部屋の隅に用意してくれたベビーサークルのなかで、熟睡してくれそうだ。

赤ん坊を満足させるには食事と清潔なおむつ、そして愛情に満ちた抱擁があればいい。

「どうか心配しないで」ヘイリーは言った。「確かに、マーカスとわたしは今ちょっとした問題を抱えているわ。だけど、あなたやケリーでどうにかできることはなにもないの」

「おまえが話そうとしないんだと、ケリーが言っていたよ」

「ええ。だって……話してもなにも解決しないのよ。なにも言うことがないの、本当に」

タナーが顔をしかめた。「わからないな。女性が話すことを必要としないなんてことがあるのか? 悩みごとをあれこれ話さない女性なんて、今まで見たことがないよ」

「タナー」ヘイリーは頭を振った。「あなたの手には余るでしょう?」

タナーはくすくす笑った。「ああ、そうだね。きっとぼくには荷が重いだろう。ただぼくが言いたかったのは……」

「なに?」

「ぼくがマーカスに電話することもできるということだ。ぼくが役に立つなら、彼と話をするよ」

「それで……なにを言うの?」

「おまえが言ってほしいことならなんでも」

「うれしいわ」ヘイリーはほほえんだ。「あなたみたいな兄さんがいて」

うなるようにタナーが言った。「それは光栄だね。だが、ぼくの質問に答えていないぞ。マーカスと話をしてほしいかい？」

「いいえ。でも、その気持ちには感謝しているわ。ありがとう。だけど今、あなたにできることはなにもないの」

「やつの顔をぶん殴ることだってできる。それはどうだ？」

ヘイリーはくすくす笑った。「建設的なアプローチとは言えないわね」

「ちぇっ。おまえがつらそうにしているのを見ていたくないんだ」

「ありがとう。でもわたしの問題だから」

「それなら言わせてもらうが、うまく対処できているようには見えないぞ」

「タナー、わたしの問題よ」

彼が小さく悪態をついた。「本当に頑固だな。自分でもわかっているかい？」

「そうかもしれないわね」

「いや、そうかもしれないなんてものじゃないよ。じゃあ、その気になったらちゃんとケリーに話すかい？」

「約束するわ」

タナーは痛くないほうの足でジャンプして、松葉杖を脇《わき》にはさんだ。「それなら、これ以上言うことはないな」

るため、兄に背を向けた。

ヘイリーは黙って優しくほほえんだ。そしてジェニーをベビーサークルのなかに寝かせ
「うまくやれよ」ぶっきらぼうにタナーは言った。
「ありがとう。心配してくれて」

翌日ヘイリーは、産後の健診を受けるために婦人科医のもとへ行った。

その結果、医師からすっかり健康体に戻ったことを証明する診断書をもらい、授乳中の母親にも安全なピルの処方箋《しょほうせん》を受けとった。医師はただちにこのピルをのみはじめるよう言った。これを服用すれば一カ月以内に妊娠する危険はなくなる。そしてピルの効き目が現れるまでの避妊手段として、箱入りの避妊具までサービスしてくれた。

やったわ。ようやく、ワイルドで楽しい奔放なセックスが自由にできるようになった。

ただし、残念なことに奔放であろうとなかろうと、その相手がいないのだけれど。

なんて情けないのかしら。アパートメントに帰ったヘイリーはジェニーを寝かせたのち、ベッドに座って泣いた。

だが、泣いてもなんの足しにもならなかった。ヘイリーは一時間ほど泣いてから、とうとうケリーに電話をかけた。昼休みの時間を使って、ケリーがアパートメントに立ち寄ってくれた。

ヘイリーはすべてを話した。

ケリーがティッシュペーパーをもう一枚ヘイリーに渡してから言った。「かわいそうに。信じられないわ。マーカスが以前からあなたをだましていたなんて。そのうえ、これからもだまし続けるかもしれないだなんて」

その日ヘイリーは鼻ばかりかんでいた。「彼が意図してやったわけではないことはわかっているの。それは問題じゃないの」

「そう。だったら、なにが問題なの？」

「マーカスは嘘をついたのよ、ケリー。わたしが彼に求めたのは、正直であること、それだけだった。なのに嘘をついたの」

「そうね。彼は嘘をついたわ。頭がどうかしている前妻からあなたを守ろうとしてね。あなたに心配をかけるよりも、彼女を厄介払いできたらすべてを忘れようと決意したのよ」

「なんてことかしら。マーカスとまったく同じことを言うのね」

「マーカスの視点に立って言っているだけよ」

ヘイリーが真っ赤になった目をこすった。「それ以上の意味があるわ。彼はその女性を愛していたのよ。自分のすべてをささげていたの。彼女が自分にとって唯一の女性だと信じていた。もしかしたら心の底では、今でもそう信じているかもしれない」

「まさか、マーカスが前妻とよりを戻したがっているとでも思っているの？　そんなこと考えたらだめよ。彼はそんなに自滅的な人間じゃないわ」

「マーカスの場合……わかりにくいのよ。彼が最悪な子供時代を送ってきたという話をしたことは覚えている？」

「わたしたちだってそうでしょう」

「彼はもっとひどいの」

「わたしたちより？　そんなのあり得ないわ」

「でも、そうなのよ。それでさっきの質問の答えだけど、ノーよ。マーカスがエイドリアーナとよりを戻したがっているとは思っていないわ」

「よかった。だってそんなふうに考えるべきではないもの。彼があなたに夢中だということはあまりにも明白なのに」

再びヘイリーの目に涙が浮かんできた。「そうだったらいいんだけど」もう一枚ティッシュをつかみ、涙を拭《ふ》いた。

ケリーが言った。「マーカスのところに戻って、きちんと問題と向き合わなくちゃ。時間はどんどん過ぎていくのよ。あなたはサクラメントで、彼はシアトル。これじゃ、ますます離れていくだけだわ」

「わかっているわ。あなたの言うとおりよ。わかっているんだけど……」

だが、どういうわけかまた一週間が過ぎ、そのあいだもヘイリーはマーカスに一度も連絡をしなかった。ふたりが離れて暮らしはじめてから、もう一カ月になる。

ケリーの忠告をヘイリーは気にしていた。本当は彼のもとへ戻りたかった。しかしそんな切実な思いよりも、戻ったときに知るかもしれない恐ろしい事実に対する恐怖のほうが強かったのだ。


いかに仕事の虫であろうと、毎晩遅くまで働き続けることはできない。ヘイリーが出ていってから初めて、マーカスは六時に帰宅した。ジーンズとセーターに着替え、家政婦が作り置きしていった食事をあたためた。

夕食をすませ、皿を食器洗い機に入れていると、玄関のチャイムが鳴った。心臓が飛びだしそうになった。ヘイリーだろうか。

いや、違う。ヘイリーなら鍵を持っている。チャイムを鳴らす必要はない……。

鼓動がいつものスピードに戻った。

来客を迎えようと玄関まで来たとき、もう一度チャイムが鳴った。そのときにはもう、誰が訪ねてきたのかわかっていた。

ついにこの瞬間が来た。準備はできている。マーカスはドアを開けた。

ドアの向こう側で、エイドリアーナがとろけんばかりのまなざしで彼を見つめていた。彼女の背後では、凍りつくような暗闇《くらやみ》に雪が舞っていた。

「ああ、マーカス。やっと会えたのね」そう言ったエイドリアーナは、革のトレンチコートを着て、信じられないくらい高いヒールの靴を履き、雪だらけになった髪を輝かせていた。まるで古いハリウッド映画から抜けだしてきたようなその姿には、現実味が欠けていた。

マーカスは彼女の大きな茶色い瞳を見つめた。まったくなんの感情もわいてこない。ファッション雑誌のモデルの写真を見ているのと変わりなかった。客観的に見て、エイドリアーナは驚くほど美しい。完璧《かんぺき》な女性の肖像のようだ。

だが、彼女とぼくになんの関係があるのだろう？　なにもない。かつてふたりが結婚していたことすら不思議に思えるほどだ。

その瞬間、真実が明らかになった。

エイドリアーナ・カールソンは、ぼくに対してなんの力も持っていない。ぼくはそれを与えなかったし、譲らなかったのだ。

マーカスがうしろにさがると、彼女が玄関ロビーに入ってきた。彼はドアを閉めた。

「ああ、やっと、やっと……」エイドリアーナが手を伸ばしてくる。

マーカスはさらにうしろへさがった。彼女の手が届かないように。

「ああ！」エイドリアーナの目に悲痛に満ちた涙があふれる。そして口元に手を押しあてた。「ねえ、どうすればいいの？　わたしが間違っていたことがわかったと、どうやって示せばいい？　こんなことはもうやめましょう。あなたにもわかるでしょう？　わたしたちのひどいけんかを終わりにしないといけないわ。そうすればまた一緒にいられるんだから」

「エイドリアーナ、いいかげんにしてくれないか」

それを聞いた彼女が息をのんだ。じつにドラマティックな仕草だった。「なんですって？　あなたがなにを言っているのか――」

「わかっているに決まっているだろう。きみは、ぼくの言いたいことを把握している。それなのに、ぼくがまだきみのことを思っているなんて、よくもそんな大それたことを考えたものだ。きみは間違っている。ぼくはきみのことなんかなんとも思っていない。ぼくが愛しているのは妻だ」そう、ぼくが愛しているのは妻なんだ。

ぼくがそう言ったのだろうか？

そうだ、言ったんだ。

そしてそれは真実だった。

くそっ。ぼくはなんてばかだったのだろう。

ぼくはヘイリーを愛している。この何カ月ものあいだ、彼女を愛していたんだ。

最初にヘイリーがぼくのもとから去った五月より前から。

ぼくは何度彼女を手放すつもりなんだ？　大事なことをわかるようになるまでに、何度彼女を失わないといけないんだ？　ヘイリーこそぼくにとって唯一の女性で、ぼくが彼女を愛していて、これからもずっと愛し続けるということを。

エイドリアーナとの関係は、本当にもう終わったのだということを。

ぼくの心に昔のつらい恋が入りこむ余地はない。どうしてそんなことができるだろう。ぼくの心は満たされているというのに。

光と、希望と、優しさで。

そしてヘイリーで。

エイドリアーナが再び息をのんだ。不思議なことに、二度目はそれが現実味を帯びて聞こえた。「本気なのね……」呆然《ぼうぜん》として、彼女はため息をついた。

マーカスは手を伸ばして玄関のドアを開けた。「頼むから、もうぼくらの邪魔をしないでくれ。そんなことをしても無駄だ。ぼくの心はヘイリーのものなんだ。わかったかい？」

「わたし……」エイドリアーナは手を口にあてていたが、やがておろした。ついに認めたのだ。「ええ。よくわかったわ」彼女は背を向け、雪が舞う暗闇へと出ていった。

マーカスはドアを閉めた。

チャイムが鳴った。

うめき声をあげながら、ヘイリーは寝返りを打った。

またチャイムが鳴る。

彼女は片目を開けた。ベッドルームは真っ暗で、デジタル時計だけがほのかな光を放っていた。時刻は夜中の十二時五分前を指している。

十二時五分前。

どうやらどこかの間抜けがチャイムを鳴らしているらしい。

また鳴った。そろそろジェニーが泣きだしてしまう。

ヘイリーは明かりをつけて上掛けをめくり、スリッパに足を突っこむと、ベッドの端から古いローブをつかんで玄関へと急いだ。ドアを大きく開けて、外にいるそのばか者を怒鳴りつけるのが待ちきれなかった。

鍵を開ける前に、のぞき窓からにらみつけた。だがそこに見えたものにヘイリーは息をのみ、膝が震えだした。

マーカスだった。

15

デッドボルトをはずす手が震えた。ヘイリーは大きく玄関のドアを開けた。

マーカスは着古したジーンズに黄褐色のセーターを着て、革のジャケットをはおっていた。その姿は驚くほどすてきだった。

ヘイリーは彼に飛びついて両腕でしっかりと抱きしめ、何度もキスをしたかった。いつまでも抱きしめていたかった。どんなに会いたくてたまらなかったかを話し、永遠の愛を約束したかった。こうして迎えに来てくれた彼に、二度と離さないと誓いたかった。

だけど、マーカスは本当に事態を解決するために来たのだろうか？

それとも、もう終わりだと言うため？

ああ、どうしてマーカスはなにも言わないの？

どうしてわたしも言わないの？

臆病《おくびょう》になりすぎてなにもできなかった。彼に伝えたい熱い気持ちで胸があふれそうなのに、どういうわけか喉がこわばり、唇が震えてしまう。いや、唇どころか全身が震えていた。ヘイリーには自分の体を抱きしめたまま、ごくりと喉を鳴らし、緊張しながら彼を見つめることしかできなかった。

ふたりは真夜中の凍りつきそうな寒さのなか、開け放したままの戸口でただ見つめ合っていた。

口を開いたのはマーカスのほうだった。「夜遅いのはわかっているんだ。前もって電話をして、来ることを伝えておくべきだったんだが……」言葉はだんだん小さくなり、やがて消えていった。最後まで言うつもりがないようだった。「震えているじゃないか」彼が手を伸ばしてきた。

ヘイリーは爪先立ちになり、恋い焦がれたマーカスに体を傾けようとした。だが、ふたりが触れ合うことはなかった。マーカスの手がおろされるのと同時に、ヘイリーも思いとどまってあとずさりをし、悲しいため息とともに踵《かかと》をおろした。

ふたりは見つめ合った。ヘイリーはどうしようもなくみじめな気分だった。その暗い表情からして、マーカスも似たような心境なのだろう。

彼が尋ねた。「大丈夫かい？」

ヘイリーはかすれた声でなんとか答えた。「ええ……いいえ……ああ、わからないわ」

「入ってもいいかい？」

再びヘイリーはごくりと喉を鳴らし、頭を軽くさげた。「ええ。もちろんいいに決まっているじゃない。おかしな人ね」震える足をやっとの思いで動かし、道を空けようとうしろにさがった。

マーカスがなかに入ってくる。

ヘイリーは玄関のドアを閉めて鍵《かぎ》をかけた。「ジャケットを……」

彼がジャケットを手渡す。ヘイリーはそれをクローゼットにしまった。

そしてまた耐えがたい沈黙が訪れた。その静寂には、ありとあらゆるものが詰まっていた。ふたりのうちどちらも、なんと言っていいのかわからなかった。

ヘイリーは、なにか大きなものに向かって一歩前進しようとしているような、ゆっくりと苦労しながら小さな一歩を踏みだしていこうとしているような、とても奇妙な感覚にとらわれていた。

「ええと、タナーの具合はどうなんだい？」マーカスが尋ねた。

「日に日によくなってきているわ。まだ松葉杖《づえ》を手放せなくて、いつも文句ばかり言っているけど。でも、あと数週間もすればすっかりよくなるはずよ」

「ケリーとディディは？」

「元気よ、ふたりとも。すごく……元気」

「そうか。よかった。本当によかった」

また沈黙が広がった。さっきよりさらに恐ろしいほどの沈黙が。

「コーヒーでも――」あからさまに必死な様子で、ついにヘイリーは口を開いた。

「どうかしら？」

ほっとしたようにマーカスがこたえた。「喜んでいただくよ」

キッチンのほうへ向かいかけたヘイリーが立ち止まった。「その前に」

「なんだい？」マーカスが眉をひそめた。

「ジェニーよ。あなた、ジェニーに会いたいでしょう？」

「ああ。すごく会いたいよ。だけど眠っているんじゃないのか？」

「そう願うわ」

今、彼が笑わなかった？　そんなふうに見えたけれど。マーカスが肩をすくめた。「起こさないよう静かに入っていけば……」

「ええ。静かにね」

「靴を脱いだらどうだろう？」

「それは名案だわ」

マーカスは玄関に置かれたストレートチェアに座ってハンドメイドのイタリア製ブーツを脱ぎ、きちんとそろえて邪魔にならない場所に置いた。それから腰をあげて、ヘイリーが案内してくれるのを待った。

明かりを落としたジェニーの部屋に入るとヘイリーは、マーカスがベビーベッドに近づけるようロッキングチェアの近くまでさがった。暗がりのなか、ヘイリーは彼の様子をうかがう。マーカスはベビーベッドの柵《さく》をそっとつかんで、顔をわずかに下へ傾けている。

夢でも見ているのだろうか、ジェニーが眠りながらなにかつぶやき、ため息をついた。

ヘイリーにはマーカスがほほえんだように見えた。だがそれは、半開きにしたドアのすきまからV字形に差しこむ廊下の明かりだけを頼りに目にした姿だったので、さだかではない。

ようやくマーカスがヘイリーを振り返り、身ぶりでドアのほうを指した。ヘイリーは彼について廊下に出ると、うしろ手にドアを閉めた。

キッチンに着くまでふたりはしゃべらなかった。

「大きくなったな」赤ん坊の成長にマーカスは驚いているようだった。

ヘイリーは肩をすくめた。「赤ん坊はどんどん成長するものなのよ。それに、最後に会ってからかなりたつから」

「四週間だ」マーカスが言った。

ヘイリーは時計に目を向けた。十二時を五分過ぎていた。「五分前の時点で、四週間と三日ね」

「長かったよ」そう言った瞬間のマーカスの瞳の色が、これまでに見たことがないくらい深いグリーンになった。その意味は見間違いようがなかった。

安堵《あんど》の入りまじった、あたたかくて甘い感情が、ヘイリーの胸にあふれてきた。彼はふたりの関係に終わりを告げるために来たのではなかった。

これでさよならではないのだ。

しかし、ほっとしたとたんに不安がぶり返してきた。マーカスの表情を読み違えたりしていないかしら？

わたしはマーカスを心から愛している。それにふたりのあいだの問題を解決したいと思っている。そのせいで、彼の表情を都合よく解釈してしまったのかもしれない。

わたしではなく、ただ娘に会いたかっただけ、ということも充分に考えられる。

そうだわ、コーヒーだ。コーヒーを淹《い》れよう。ヘイリーがコーヒー豆をとりだし、分量を量ってコーヒーミルに入れているあいだ、マーカスはカウンターの端のあたりでうろうろしていた。豆を挽《ひ》く音は信じられないほど大きく、それが終わると完全な沈黙が訪れた。

挽きたてのコーヒーの粉を抽出バスケットに入れ、容器を水で満たすと、ポットを定位置に置いてボタンを押した。見慣れているはずの動作ひとつひとつまでじっと見つめられていることを、彼女は痛いほど感じていた。

コーヒーメーカーが音をたてはじめた。抽出中の赤いランプを見つめながら、ヘイリーはこわばった喉で咳払《せきばら》いをしてから言った。「座りましょうか。コーヒーができるまで」

ふたりとも動かなかった。

ちらりとマーカスを見た。ああ。こっちを見ているわ。

ついに彼が言った。「きみはすてきだ」

ヘイリーは吹きだした。「ええ、そうね。寝起きで髪はくしゃくしゃだし、身につけているのは古いローブにけばだったスリッパだけど」

「そのとおり。でも、きみは美しい」マーカスの声は低く、少しぶっきらぼうにも聞こえた。

魅力的な荒っぽさだった。

彼がカウンターに沿って近づいてくる。ヘイリーは緊張をこらえて顔をあげ、挑むように目を輝かせながら正面から向き合った。マーカスが足音をたてずに近づいてくると、彼女は息が苦しくなった。

ようやく今、ヘイリーは信じはじめようとしていた。

彼がさよならを言いに来たのではないということを。

そしてそれは永遠に続く約束なのだと。苦しいくらいに求めていたマーカスの手を熱い肌に感じたときから死ぬまで、その約束はずっと続くのだということを。

互いに、言いたいことは山ほどあった。

だがこの瞬間、言葉などどうでもよかった。なんとしても彼に触れたい。

彼が欲しい。マーカスと、肌と肌を触れ合わせたかった。

靴を脱いだ足で静かに、だが確実に、マーカスがこちらへ近づいてきた。あと二歩も進めば、目の前にやってくる。

あまりにも魅力的で、あまりにも懐かしい、彼の香りが挑発してくるようだ。マーカスが彼女の髪に触れてきた。

「ああ、ヘイリー」彼が飢えたようなグリーンの瞳でヘイリーを見つめる。

ヘイリーはささやいた。「マーカス……」

「きみに再び触れることができる日が来るのだろうかと、ずっと考えていたよ」

「そう」熱い思いに息を切らし、ヘイリーはただそうこたえることしかできなかった。

マーカスはそっと指を動かし、彼女のうなじのあたりで曲線を描くようにしておくれ毛を撫《な》でた。ヘイリーは頭のてっぺんまでぞくぞくと震えるような感覚に襲われた。

ついにマーカスの手の感触を感じることができた。それだけでも充分なはずなのに、彼女は満足できなかった。

熱くなったヘイリーは彼の唇に唇を押しつけた。マーカスを味わい尽くせるように、少しだけ唇を開く。うめきながら彼も口を開いた。甘く、熱く、すばらしいものを味わうように、ヘイリーは舌を差し入れた。

情熱の炎が燃えあがっていく。

マーカスは大胆にも彼女の体に指を滑らせ、右の胸をかすめてその先端をかたくさせた。

しかしそれは、あくまでもついでだった。

目的はヘイリーのローブのひもだ。結び目を探りあてると、マーカスはひもをつかんで引っ張った。結び目がほどけてローブの合わせ目が開いたのを彼女は感じた。

今度はマーカスが舌を差し入れてくるのを感じてヘイリーはあえいだ。マーカスは優しく吸いながら誘い、じらし、彼女を燃えたたせた。ヘイリーの上唇をとらえて舌で内側をなぞる。そのしっとりとした舌の動きに彼女は身を震わせた。マーカスは続けて下唇も優しく吸った。

それからローブを肩から滑らせた。布が小さな音をたてて床に落ちる。ヘイリーはローブの下に、お気に入りの前開きのナイトシャツを着ていた。そしてその下は……。なにも身につけていなかった。

すぐさまマーカスのあたたかくて大きな手が彼女の太腿を伝いながらあがってきて、フランネルのナイトシャツのほつれた裾《すそ》にたどり着いた。彼の情熱的な指先の動きに、ヘイリーはあえぎながら頭をうしろにそらせた。唇が離れ、夢のようなキスが終わった。

「おいで」マーカスがつぶやいた。「もっとこっちへ来るんだ……」

彼は空いているほうの腕をヘイリーにまわし、彼女を引っ張りあげた。ヘイリーの爪先が床から離れ、スリッパが片方ずつ脱げた。

ヘイリーが背中をそらすと、マーカスは彼女の喉のくぼみをそっと噛《か》み、首に沿って顎までおがってきた。そして再び唇を重ねた。ヘイリーの腿を覆う手を上へと動かしながら。もっと上まで……。

マーカスが巧みな指先を腿に這《は》わせ、さらに上のほうへと動かしていくと、人差し指がヘイリーの大切な部分をそっとかすめた。

彼女は欲望と期待に震えた。マーカスをベッドルームへ引っ張っていき、思慮深い婦人科医がくれた避妊具をとりだして彼を自分のなかの奥深くに招き入れるまで待てそうもない。

ヘイリーはマーカスの肩をつかみ、彼が床におろしてくれるまで揺らした。それからマーカスをうしろにさがらせようと、小さくあえぎながら彼を動かそうとした。

再びマーカスが彼女の下唇を噛んだ。ヘイリーの口から弱々しい声がもれる。

彼が荒っぽく、それでいて静かな声でつぶやいた。「だめだ。どこへも行かない。まだだ……」

そしてあらためてヘイリーの体を探った。指先を優しく滑らせ、ヒップのカーブをなぞる。マーカスの口のなかで彼女があえいだ。彼もそれにこたえて低いうめき声をあげると、ヘイリーのウエストをつかんで手を這わせていった。マーカスが彼女のおなかの上にてのひらを置いた。赤ん坊のいた場所に。

もっと下よ。とろけそうになりながら、ヘイリーはもっと下に触れてほしいと切望した。

マーカスにいつまでも抱きしめられ、触れられ、完璧《かんぺき》なまでに深く圧倒的なキスを浴びせられていたかった。

ヘイリーがヒップを持ちあげて彼にこすりつけた。どんなに求められているかを物語る、かたい部分を感じながら。

その動きはひどく誘惑的だった。彼女は手を滑らせていき、マーカスのセーターの下で止めた。ベルトをつかむとあっというまにバックルをはずし、ベルトを抜きとった。床に落ちたときに留め金がかちんと鋭い音をたてた。

ヘイリーは彼のジーンズのいちばん上のボタンをはずした。彼女がジーンズの布地をつかむと、マーカスも彼女を手伝おうと反対側を持った。

ふたりで左右に引っ張るようにしてファスナーを開けた。マーカスは低くうめきながら腰を動かし、力強い指でヘイリーの手首を包みこむと、彼女の手を自分の求める場所へと導いていった。かたく引き締まった腹部を通りすぎ、その下のボクサーショーツのゴムの部分へ。

すでにマーカスは熱くなり、かたく、雄々しくなっていた。

ヘイリーは指先で彼を包みこんで撫でた。唇を重ねたままマーカスが彼女の名を呼び、息も絶え絶えに懇願するようにささやいた。「ああ、そうだ。ヘイリー、ああ……」

だがやがて彼がヘイリーの手首を前よりも強く握って制止した。低くあえぎながら、無言のまま訴える。

彼女は動きを止め、マーカスの言うとおりにした。彼のことならよくわかっている。わたしに主導権を委《ゆだ》ね、わたしを喜ばせる前に自分が最後までいってしまうのが許せないのだ。

マーカスの唇の上で、ヘイリーはわけ知り顔で笑った。「プライドが高いんだから」

「違う。もっときみに触れたいんだ。きみを感じたい」そして熱い口づけをした。

彼の手がナイトシャツの下で再び動きはじめた。ヘイリーに触れ、愛撫《あいぶ》し、彼女の体を知り尽くした指先が、秘められた部分を探っていく。熱くとろけるような興奮が稲妻のように走り、ヘイリーの体はマーカスに触れられた部分から順に荒々しく乱れていった。興奮が体ごと彼女をさらっていく。

叫び声をあげたヘイリーの膝が崩れ落ちた。マーカスが彼女の体を支えるように強い腕で包みこみ、まっすぐに立たせた。

彼はヘイリーを翻弄《ほんろう》した。彼の指先が刻むリズムに彼女は息ができなくなり、頭がくらくらした。ヘイリーはあえぎながら、目の奥で炸裂《さくれつ》する輝きや、体の中心部ではじける興奮のきらめきに、心をかき乱されていた。全身の神経が奏でる純粋な喜びが、きらきらとした痕跡《こんせき》を残していく。

「もう死にそうだわ」歓《よろこ》びが頂点に達し、甘く優しい満足感に変わると、彼女はそうささやいてマーカスの広い肩をつかんだ。「わたしを離さないで。キッチンの床に溶けてしまいそう」

満足げな低い声をもらし、彼はヘイリーの首に鼻を押しつけた。「離さないよ」それは誓いの言葉だった。「二度ときみを離さない……」

抽出を終えたコーヒーポットが大きな音をたてていた。「いいタイミングね」息を切らしながらヘイリーが笑った。「コーヒーができたわ」

マーカスの手はすでに彼女の背中に置かれていた。彼がもう片方の手を膝の裏に滑らせ、ヘイリーを抱きあげた。「そんなものはほうっておこう」それから向きを変え、彼女を抱いたままキッチンから出てリビングルームを通って廊下に向かった。

ベッドルームに着くとヘイリーをそっとベッドの上におろした。彼女のナイトシャツの裾を引っ張る。「これを脱いでくれ」

ヘイリーが腕をあげ、マーカスはすばやくナイトシャツを脱がせた。

「きれいだ」彼が少しうしろにさがって、ヘイリーの一糸まとわぬ姿をじっくりと眺めた。

「ありがとう」ヘイリーは優しく笑った。「あなたはいつもそう言ってくれるのね」

「本当のことだからさ」

「わたしが不満を言っているように聞こえる？　そんなはずはないわ。あなたにきれいだと言われるのは大好きなんですもの」

「よかった」そう言ったマーカスのジーンズのファスナーは大きく開いたままだった。彼はそれを脱ぎ捨て、同時にボクサーショーツと靴下も脱いだ。

「セーターもよ」両手をうしろについて背をそらした姿勢でヘイリーが言った。

「ものすごく偉そうだな」

彼女はその言葉を否定しようとしなかった。「いいからセーターも脱いで。言うとおりにしてちょうだい」

マーカスはセーターを引っ張って頭から脱ぎ、うしろへほうり投げた。

ふたりは見つめ合った。この瞬間をどんなに待ち望んだことだろう。ヘイリーは思った。なにもかも脱ぎ捨て、ふたりとも生まれたままの姿になるこの瞬間を。最高だわ。

ところが、ふいにマーカスが顔をしかめた。「きみはもう愛し合っても大丈夫なのかい？」

「もちろんよ。先週、健診を受けたの」

「だけど避妊具は？　ぼくは持っていないよ。きみだって今は妊娠したくないだろう？」

答える先から枕《まくら》元の引き出しを開けたヘイリーは、医師からもらった箱をとりだした。

「ドクター・ライトにお礼を言わなくちゃ」

マーカスのしかめっ面が消えた。「なんてすばらしい医師なんだ、ドクター・ライトは」

「ええ。腕がよくて几帳面《きちょうめん》で、そのうえ患者にも優しいわ」ヘイリーはひとつとりだし、箱は枕元の時計のそばに置いた。「言うまでもないことだけど、サービスでもらったんだからただよ。どんどん使いましょうね」そして彼に腕を伸ばした。

マーカスが近づいてくると、ヘイリーはゆっくりと彼の準備を整えた。

ふたりは手足を伸ばして向かい合った。マーカスのてのひらがヘイリーのヒップをかすめた。

「こうしてきみに触れることができるなんて……。ものすごく久しぶりな気がするよ」彼の口調は穏やかで、うやうやしくさえあった。

ヘイリーはそっとマーカスの肩を撫でた。なめらかな肌とその下のかたい筋肉の感触を楽しみながら。彼の体にはいつも感嘆させられる。どうしてこんなに美しいのだろう。たくましい背中にある小さな白い十字の傷でさえ、彼女には大切だった。父親による虐待のもの言わぬ証拠だ。それは同時にマーカスの忍耐を物語っていた。

「久しぶりすぎるわ」ヘイリーはささやいた。「これは夢じゃないんだと言ってちょうだい」

マーカスが人差し指の裏で彼女のウエストのくびれをたどった。「夢じゃないよ。現実だ」彼はヘイリーを抱き寄せた。

そして、いつ終わるとも知れないキスを交わした。

やがてその瞬間が訪れた。ヘイリーは両足をマーカスの体に巻きつけ、上になった彼を自分のなかへと導いた。マーカスが彼女に体重がかからないよう手を握りしめて支えながら、腰を使っていっそう体を密着させてくる。ヘイリーは一瞬前より彼がさらに奥深くへ入ってくるのを感じた。

これ以上ないくらいゆったりと体を伸ばし、マーカスに満たされたヘイリーは彼の目を見つめた。すてきだ。マーカスとつながることほどすてきなものはない。彼とぴったりくっついて、ひとつになることほど。

ヘイリーは背伸びをしてマーカスの顔に触れ、なめらかで誘惑的なあたたかい唇を指でなぞった。その指に彼はキスをし、親指を吸った。

ヘイリーの目に涙があふれ、ふた筋の跡を残してこめかみを伝っていく。

ふたりでこうしてベッドのなかにいることが、まだ信じられなかった。

何度この瞬間を夢に見たことだろう。こんなすてきなことが再び自分の身に起きるなんて思ってもいなかった。もう二度とないかもしれないと思っていた。

マーカスが身をかがめ、彼女の名を呼びながら涙の跡を片方ずつキスでぬぐい去っていった。

もう大丈夫だということが伝わるように、ほほえみながらヘイリーはうなずいた。マーカスが再び体を起こし、強く優しく力をこめた。

ヘイリーのなかで彼が動いた。彼女はマーカスのリズムをつかむと、ふたりの呼吸がそろうようヒップを持ちあげ、自分からそのリズムに合わせて動いた。

マーカスのかたい胸が一瞬ヘイリーの胸を押しつぶした。しかしそれは、ヘイリーを包みこむようにして寝返りを打った彼が彼女を上にさせただけだった。

主導権がヘイリーの手に渡った。彼女は膝立ちになってマーカスの腰をはさむと、彼にまたがった。マーカスの胸に両手を置いて頭をそらせ、体の奥深くで彼をとらえた。ふたりは動きを止めて互いを堪能《たんのう》した。ヘイリーはゆっくりと体をあげて、マーカスとのつながりをいったん解いたかと思うと、再び招き入れた。

マーカスも両手で彼女のウエストをつかみ、その手助けをした。体が離れそうになるところまでヘイリーを持ちあげ、また深く沈みこむように引き寄せる。それをもう一度繰り返した。

さらにもう一度。

ふたりはやがて愛のリズムにのみこまれた。夢中になり、互いの体が溶け合うのを感じていた。

終わりが近づいてきた。高波のように渦を巻いて終わりが近づいてくる。高く押しあげられて不意に落ちていく瞬間、ヘイリーは雷鳴のような音を聞いた。彼女をきつく抱きしめながら、マーカスもうねるように押し寄せてくるものを感じていた。

沈黙。燃えるような静けさ。

「夢じゃない」ヘイリーはささやいた。「ああ、現実なのね……」波は彼女を巻きこみ、のみこんだ。あえぎながらヘイリーは彼の名を口にし、歓びのなかに沈んでいった。

16

ジェニーの部屋から赤ん坊の探るような泣き声が聞こえてきた。

低いうめき声をもらし、ヘイリーはマーカスの胸で頬をこすった。「ああ、大変……」

マーカスがくすくす笑っている。その笑い声は彼女の耳に心地よく響いた。彼はヘイリーをしっかりと抱きしめた。「わが娘ながら、絶妙なタイミングだな」

泣き声が大きくなった。

ヘイリーは息を吐きだした。「はいはい……今、行くわ」

「ぼくも行こう」

起きあがったヘイリーは髪をうしろにかきあげた。「わたしひとりで大丈夫よ」そして彼の腕をするりと抜けだすと、ベッドの脇《わき》に立った。「あなたはコーヒーをとってきてちょうだい」ヘイリーは目の前にあるベッドルーム用の小さなバスルームに入り、ドアを閉めた。

しばらくしてバスルームから出てきたとき、マーカスは一糸まとわぬみごとな体をさらしたままベッドの上で足を伸ばし、すばらしい筋肉がついた腕を頭のうしろで組んでいた。ジェニーはまだ泣き続けている。「ぼくも一緒に行きたいんだ」

「そう。わかったわ、行きましょう」ヘイリーは部屋を見まわした。「わたしのローブと、スリッパはどこかしら？」

「間違いなくキッチンで脱ぎ捨てたままさ」

彼女はナイトシャツを拾いあげて身につけた。マーカスも起きあがり、ジーンズをつかんでバスルームへと急いだ。ヘイリーはひと足先にジェニーの部屋へ向かった。

「ママはここにいるから大丈夫よ。お利口にしていてね」

戸口にマーカスが姿を現した。「ジェニーにもちゃんと肺があるわけだ」

「おなかが空《す》いているのよ」金切り声をあげて泣いているジェニーを抱きあげてロッキングチェアに座り、ヘイリーはナイトシャツのボタンをはずしはじめた。ジェニーに乳房をあてがう。子供部屋が厳かな空気に包まれ、沈黙がおりた。ヘイリーはベビーベッドのそばに立っているマーカスに笑いかけた。「泣いていないときの赤ん坊ほどかわいいものはないんだけど」

「泣くのなんて気にしないよ」

「あなたはわたしより我慢強いから」

このときのマーカスの瞳はモスグリーンに見えた。彼が近づいてきて彼女の髪に触れると、ヘイリーは顔をあげた。「そんなことはないさ。きみみたいに我慢強い人はいない」

そう言った彼の言葉には、特別な意味がこめられているように思えた。ヘイリーはマーカスの手に顔を寄せ、てのひらの真ん中に唇を押しつけた。

そのキスにマーカスは笑みを浮かべ、手の甲でそっと彼女の頬を撫《な》でた。「きみに会いたかった。会いたくてたまらなかった」彼は軽く手を丸めて、ほとんど髪が生えていないジェニーの頭を包みこんだ。「それから、この子にも」

ヘイリーは喉が詰まった。それをなんとかしようとして唾《つば》をのみこむ。「わたしもあなたに会いたかったわ」

「もっと早く来るべきだった。くだらない問題なんてさっさと解決してここに来ればよかったんだ。自分でもわかっていたはずなのに」

ジェニーがヘイリーの胸の先端を引っ張った。はじめはとても痛かったのに、今では満ち足りた気持ちになった。「わたしは待っていたの。だけどなにを待っているのか、本当はわからなかった。どういうわけか、あなたが来てくれるなんて考えてもみなかったの」

「そうなのかい？　きみが喜んでくれているといいが」

ヘイリーはうなずいた。「もちろんよ、マーカス。とてもうれしいわ」

マーカスが口をつぐんだ。次になんと言えばいいのかわからないようだった。

その気持ちが彼女に伝わってきた。充分だわ。心の内を表現する言葉を探すのは、ときとしてとても難しいもの。

「コーヒーをとってくるよ」

「待っているわ」

マーカスは子供部屋を出ていった。

ジェニーが片方の母乳を飲み終えたので、ヘイリーはもう片方をあてがった。マーカスが戻ってきた。彼は整理だんすの横に立ち、クリスマスにもらった赤いマグカップでコーヒーをすすっていた。ヘイリーはジェニーが母乳を飲み終わると、おむつを換えるまで彼女を揺らした。

「ぼくにさせてくれ」マーカスがマグカップを整理だんすの上に置いた。そこでヘイリーはジェニーを彼に渡し、おむつ交換を任せた。そして自分はベッドルームに戻り、ベッドの端に腰かけた。

やがてマーカスが戻ってきて、彼女の隣に座った。「眠っているよ。天使みたいな顔で」

ヘイリーはうなずいた。「ええ。まったくそのとおりよ。眠っているときの赤ん坊ほどかわいいものはないわ」そう言って笑った。

だが、マーカスはそれを見ていなかった。まっすぐに、開いたままの廊下へと続くドアを見つめていた。「きみに言うべき言葉を探して、ずっと考えているんだ」

ヘイリーはなんと言えばいいのか、どうやって彼を励ませばいいのか、わからなかった。

なんの言葉も浮かばなかったので、マーカスの膝に手を置き、安心させるように力をこめた。

マーカスがその手に自分の手を重ねた。いい気持ちだ。彼女を大切に思う気持ちが伝わってきて、こうしているのが正しいことだと思えてくる。「きみに嘘《うそ》をついていたと責められたとき、ぼくは激怒した」

「ええ、そうだったわね。覚えているわ」

「それは痛いところを突かれたせいなんだ。ぼくは実際に嘘をついていたからね。エイドリアーナが連絡してきたことをきみに言わないでおく以外にも、方法はたくさんあったのに」

ごくりと唾をのみこんで、ヘイリーは落ち着いてもう一度自分に言い聞かせた。この問題は彼自身のやり方で、彼がいいと思ったときに話させなくてはならない。だが同時に、マーカスの話をさえぎってそんなことは言わなくてもいい、もうどうだっていいのだと言いたい衝動にも駆られた。あなたが今、ここにいて、会いに来てくれたことが本当にうれしくて、それだけでもう充分だと。

いいや、充分ではないのだ。わたしは聞かなくてはならない。どんな話であろうと、どんなに傷つくことになろうとも聞かなくてはならない。そして彼も言わなくてはならなかった。

真実は重要だ。その欠落のせいでふたりはこの数週間、離れ離れで過ごすことになったのだから。今のヘイリーには真実を拒むことなどできなかった。

マーカスが言葉を続けた。「二週間ほど前から、エイドリアーナがまた電話をかけてくるようになった。ぼくは彼女と話すのを拒み、メッセージは聞きもしないうちから削除した。聞いたのは一回だけで、そのとき彼女はきみがいなくなったことも知っていると言い、ぼくが正気をとり戻してもう一度自分とやり直せるようになるまで待つつもりはないと言っていた……」

廊下へと続くドアをヘイリーは見つめていた。マーカスの声が小さくなると、彼女は振り向いて彼の目を見た。

「大丈夫かい？」マーカスがヘイリーの手をそっと握った。

ヘイリーは息を吐いた。「エイドリアーナを憎まないようにしなくてはと、自分に言い聞かせているの。でも無理だわ。彼女はあなたを裏切ってあなたを捨て、あなたの心をずたずたにした。振り返ることすらせずに去っていったのよ。誰かほかの男性と結婚したくてあなたと離婚したくせに、今さら姿を現してあなたがどうして自分を歓迎してくれないのかわからないだなんて」

マーカスが唇の片端をあげた。「ああ。そうだね。自分の思いどおりにならないことがあるなんて、エイドリアーナの頭にはないんだ。彼女は欲しいときに欲しいものを求める。

それが手に入らないと大変なことになるんだ」

「なんて人なの。どうなったのか教えて」

「今話そうとしているところだよ」

　ふたりで笑った。

　ヘイリーは謝った。「ごめんなさい。どうぞ話を続けて」

　少し考えてからマーカスが言った。「昨夜、エイドリアーナが家に現れたんだ。彼女をひと目見ただけでぼくにはわかった」

　ヘイリーの心臓が胸から飛びだしそうな勢いで高鳴りはじめた。ゆっくりと息を吸いこみ、最悪の事態に備えた。

　マーカスは言った。「真実がわかったんだよ。やっと」

「ああ、神さま」思わず息を吸いこみながら、ヘイリーはつぶやいていた。

　彼が続けた。「ヘイリー、きみを愛している。長いあいだ、きみを愛していたことがわかったんだ。去年の春、きみが去っていく前からずっとだ」

　鼓動の途中で凍りついたかのように、ヘイリーの心臓が動きを止めた。マーカスの言葉が耳を駆け抜けていき、頬が燃えるように熱くなった。「ごめんなさい。今なんて言ったの？」

　マーカスがヘイリーの手を持ちあげてキスをした。「よく聞いてくれ。ぼくはきみを愛している。ずっと前から愛していた。ぼくにとってきみは、太陽みたいな存在なんだ。輝いていてきれいで、甘くてすてきな太陽だ」

ヘイリーは彼のほうを向いた。「マーカス？」

「なんだい？」

「どうして今までそれを言ってくれなかったの？」

マーカスが彼女の手を放した。その代わりに肩を抱いて、自分のほうへ引き寄せる。

「もう言ったと思っていたよ」ふたりの唇は数センチしか離れていなかった。ヘイリーはコーヒーの香りがする彼のあたたかい息を感じながら、グリーンの瞳を縁どる輝く青色を見ていた。

「わかっているわ」彼女はささやいた。「もう一度言って」

「ぼくはプライドが高すぎるんだ。エイドリアーナとのあいだにあったものを愛だと思いたくて、自分の過ちを認めることができなかった。きみと出会うまで、ぼくは愛についてなにも知らなかったんだ。本当の愛がどういうものかということも」

ヘイリーは彼のあたたかい胸に手を置いた。てのひらの下で打つ力強い鼓動を感じた。

「その言葉を聞けて本当にうれしいわ」

マーカスがすばやく甘いキスをした。「そう言ってくれると思っていたよ」

「じゃあ……エイドリアーナと再会したとたん、わたしを愛しているとわかったの？」

「そのとおりさ」

「人生って、ときとして不思議なものね」

「本当に」

「たぶん、あなたはもっと早く彼女と会うべきだったんだわ。そうすれば、わたしたちはふたりともこんな思いをしなくてすんだのに」

「そうだね。それさえわかっていればよかったんだが」

「ああ、マーカス。わたしも愛しているわ」

ヘイリーの顎の下に彼が触れた。「わかっている。きみがそう言ってくれて本当にうれしいよ」

「何度だって言うわ」

「愛の言葉が聞けるのはすばらしいことだ——相手が運命の女性であればね」

「愛している。心からあなたのことを愛しているわ」ヘイリーはマーカスの肩を抱きしめ、唇を近づけた。「今こそキスをするときじゃないかしら」

「喜んで」

マーカスはヘイリーの唇を奪った。彼女はため息をつき、口を開いた。申し分のないキスだった。ゆっくりと深く、しっとりとして、情熱と優しさに満ちていた。そのキスは生涯の喜びを約束していた。真実と相互の信頼を。

彼が唇を離すと、ヘイリーは幸せなため息をついた。ふたりはそろってベッドの上に倒れこみ、互いに顔を見て笑った。

マーカスが言った。「きみが一緒に家に戻ってくれるといいんだが」

「あたりまえよ。わたしたちは愛し合っていて、あなたとジェニーとわたしは家族なんですもの。もちろん一緒に帰るわ。あなたはわたしのもので、わたしと一緒にいることになんの疑いも抱いていないとわかったんですもの。あなたとならなんだってできるわ。必要とあらば、前妻と一戦を交える覚悟よ」

「エイドリアーナがぼくたちを困らせることはもうないと思うよ」

「そう願いたいものね」ヘイリーがからかった。

「同感だよ。昨夜以来ぼくは、エイドリアーナが現れることは二度とないと思えるようになったんだ。ようやく彼女もわかってくれたんだと、そう感じられる。まあ、エイドリアーナに関しては絶対にこうだという確信は持てないんだが。それでもぼくがきみを愛しているると言ったのをはっきりと聞いたはずだから、いつまでも自分が歓迎されているとは考えないだろう。もうぼくたちの邪魔をしないでくれ、とも言ったんだ」

「そうしたら?」

「ぼくたちにはもうかまわないと言った」

「まあ」

ふたりとも笑っていた。互いに満足だった。

ヘイリーがマーカスに寄り添った。「こんなに幸せだったことはないわ」

「よかった」

「ところで、足が凍りつきそうなんだけど」

「ベッドに戻ろう」

マーカスはジーンズを、ヘイリーはナイトシャツをそれぞれ脱ぎ、毛布の下で体を寄せ合った。彼がヘイリーを抱き寄せた。彼女はマーカスの腕に包まれ、彼の心臓の近くに手を置いて、顎の下に頭を入れた。

ヘイリーは目を閉じた。ついにすべての望みがかなったのだ。寂しい子供時代のクリスマスに願っていたことすべてが。家族ができ、姉と兄がいて、かわいい姪《めい》もいる。国じゅうに大勢のきょうだいたちがいることもわかった。

マーカスとジェニー——わたしは彼らのもので、彼らはわたしのものだ。

「夢は本当にかなうものなのね」うとうとしながら彼女はつぶやいた。

マーカスが低い声で同意し、頭のてっぺんにそっとキスをしたのがわかった。

とうとう愛する夫の腕のなかにたどり着いたんだわ。満ち足りた思いでため息をついたヘイリーは、いつのまにか深く穏やかな眠りへと落ちていった。

●本書は2008年12月に小社より刊行された作品を文庫化したものです。

虹色のクリスマス
2024年11月1日発行　第1刷

著　者　クリスティン・リマー

訳　者　西本和代（にしもと　かずよ）

発行人　鈴木幸辰

発行所　株式会社ハーパーコリンズ・ジャパン
東京都千代田区大手町1-5-1
04-2951-2000（注文）
0570-008091（読者サービス係）

印刷・製本　中央精版印刷株式会社

Printed in Japan © K.K. HarperCollins Japan 2024 ISBN978-4-596-71579-1

11月13日発売 **ハーレクイン・シリーズ 11月20日刊**

ハーレクイン・ロマンス
愛の激しさを知る

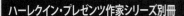

愛なき夫と記憶なき妻 ジャッキー・アシェンデン／中野　恵 訳
〈億万長者と運命の花嫁 I〉

午前二時からのシンデレラ ルーシー・キング／悠木美桜 訳
《純潔のシンデレラ》

億万長者の無垢な薔薇 メイシー・イエーツ／中　由美子 訳
《伝説の名作選》

天使と悪魔の結婚 ジャクリーン・バード／東　圭子 訳
《伝説の名作選》

ハーレクイン・イマージュ
ピュアな思いに満たされる

富豪と無垢と三つの宝物 キャット・キャントレル／堺谷ますみ 訳

愛されない花嫁 ケイト・ヒューイット／氏家真智子 訳
《至福の名作選》

ハーレクイン・マスターピース
世界に愛された作家たち
〜永久不滅の銘作コレクション〜

魅惑のドクター ベティ・ニールズ／庭植奈穂子 訳
《ベティ・ニールズ・コレクション》

ハーレクイン・プレゼンツ作家シリーズ別冊
魅惑のテーマが光る極上セレクション

罠にかかったシンデレラ サラ・モーガン／真咲理央 訳

ハーレクイン・スペシャル・アンソロジー
小さな愛のドラマを花束にして…

聖なる夜に願う恋 ベティ・ニールズ他／松本果蓮他 訳
《スター作家傑作選》